AF217966

1948 erschien der halbfiktive Briefroman *Berliner Briefe* erstmals, 2020 wurde er wiederveröffentlicht und zu einem überragenden Kritiker- und Publikumserfolg. 13 Briefe richtet Helene, eine junge Frau im zerstörten Berlin, nach Kriegsende an ihren jüdischen, nach Paris emigrierten Jugendfreund Hans. Antworten ihres Freundes erhält sie nicht (oder sie werden den Leserinnen und Lesern bewusst vorenthalten) – so sind die *Berliner Briefe* eine aufrichtige und nichts beschönigende Selbstbefragung, ein beklemmender Rückblick und zugleich eine Bestandsaufnahme über die Gemütszustände der Deutschen, zwei Jahre nach Kriegsende und zu Beginn der Nürnberger Prozesse.

„Susanne Kerckhoff war eine Frau von wahrhaft messerscharfem Verstand und mit einer brillanten Formulierungsgabe gesegnet. Und sie verpflichtete sich zu einer wirklich unbestechlichen Suche nach der Wahrheit." Annemarie Stoltenberg, NDR

„Was für eine Stimme! Voller Unruhe und Sehnsucht, rücksichtslos selbstkritisch, desillusioniert und doch kämpferisch benennt hier eine fiktive Briefeschreiberin, wie stark das Gift der Diktatur im ‚Volkskörper' nachwirkt." Carsten Hueck, Deutschlandfunk Kultur

SUSANNE KERCKHOFF (1918–1950) spielte nach 1945 als Schriftstellerin, Publizistin und politische Stimme eine bedeutende Rolle im literarischen Diskurs der Nachkriegszeit. 1945 wurde sie zunächst Mitglied der SPD, trat aber 1948 der SED bei und siedelte in den Ostsektor Berlins über. Sie arbeitete für die satirische Wochenzeitung *Ulenspiegel* und war ab 1949 Redakteurin und Feuilletonleiterin der *Berliner Zeitung*. Nach politischen Auseinandersetzungen mit Walter Ulbricht, Paul Wandel und Stephan Hermlin nahm sich Susanne Kerckhoff 1950 das Leben.

BERLINER
BRIEFE
Susanne Kerckhoff

– – – – – – – – – –

Herausgegeben und mit einem Nachwort
versehen von Peter Graf

Die Originalausgabe erschien 1948 im Wedding-Verlag, Berlin. 2020 erfolgte eine von Peter Graf herausgegebene Neuausgabe im Verlag Das Kulturelle Gedächtnis, GmbH, auf dem diese Lizenzausgabe beruht.

Klett-Cotta
www.klett-cotta.de
© 2021 by J. G. Cotta'sche Buchhandlung
Nachfolger GmbH, gegr. 1659, Stuttgart
Cover: Anzinger & Rasp, München
unter Verwendung einer Abbildung von © ullstein bild
Gesetzt von 2xGoldstein (Andrew Goldstein, Jeff Goldstein, Erik Schöfer),
Rheinstetten / 2xgoldstein.de / Dörlemann Satz, Lemförde
Gedruckt und gebunden von CPI – Clausen & Bosse, Leck
ISBN 978-3-608-98490-3
E-Book ISBN 978-3-608-11704-2

Dem Andenken meines Vaters

Vorbemerkung

Irgendeine Berlinerin, deren Schicksal weniger
bedeutend ist als das Schicksal Tausender, schreibt Briefe
an irgendeinen Emigranten. In diesen Briefen spiegeln
sich Ratlosigkeit und Hoffnung. Ein Mensch bemüht sich,
innerhalb der gegebenen Situation über das politische Woher
und Wohin Rechenschaft abzulegen.

Die belletristische Form wurde gewählt, weil dieses
Büchlein kein endgültiges, ausgereiftes Credo sein kann. Im
Zeitgeschehen verdunkeln und erhellen sich die Erkenntnisse.
Jeder Tag bringt neue Entscheidungen. Beständig bleiben
nur die Wachheit des Gewissens und der Wille, die Wahrheit
unermüdlich zu suchen und ihr zu dienen. Daher ist der
vorliegende Versuch fehlerhaft – aber er ist ehrlich. Womit
nicht gesagt sein soll, daß andere Versuche unehrlich
wären. Ebenso sicher ist es, daß diese Form der politischen
Auseinandersetzung mit dem Nachkriegsgeschehen kein
privates Spiel einer „Ich-sitze-gern-zwischen-den-Stühlen"-
Koketterie ist. Noch um die endgültige Erkenntnis ringen, heißt
nicht, der Aktion ausweichen, sondern sich im Gegenteil auf
sie vorbereiten.

Susanne
Kerckhoff

BERLINER
BRIEFE

– – – – – –

Erster Brief

Lieber H a n s !

Nach zwei Jahren Waffenstillstand erreicht mich
Dein Brief aus Paris. Du fragst nach mir. Aber damit nach
uns. Ich soll schildern, wie es mir ergangen ist. Warum hast
Du damals, schon ein Jahr vor Ausbruch des Krieges, die
Korrespondenz abgebrochen? Weil ich Dir schrieb, Du möchtest
Deine politischen Ansichten nicht mehr äußern, wir kennten
uns doch? Ich dachte, Du würdest diesen Satz ohne weiteres
begreifen. Aber in all den Jahren danach hat es mich verfolgt,
Du identifiziertest mich vielleicht, dieser vorsichtigen Mahnung
wegen, mit Stukas und Konzentrationslagern.

Ich glaube, ich weiß wenig von mir zu berichten. Als
wir uns kannten, stand ich noch in dem Lebensalter, wo man
sich nicht real in die Geschehnisse einbezieht, sondern für eine
Besonderheit mit gesondertem Schicksal hält. Jetzt ist das ganz
anders geworden. Mein Lebensgefühl verdeutlicht sich vielleicht
in dem Bild, als sei ich ein Teil des Trümmeratems von Berlin –
Staub, Ruinen, Tote – aber auch Hoffnung, Zuversicht, Neubau,
manchmal gleißend bunt und lügnerisch; es gibt Augenblicke, wo
ich Zuversicht und Neubau für gesund halte.

Ich möchte Dir von den anderen Dingen erzählen, in
denen ich bin. Ob Du zurückkehrst? Credo, quia absurdum est.

Meine Weise der Schilderung erhebt nicht den Anspruch
auf Allgemeingültigkeit, es ist „mit meinen Augen" gesehen. Ich
darf nicht für alle sprechen, für keine Gruppe, keine Partei,
keine Kirche, keine Klasse, nicht einmal für meine Generation –
denn noch niemals habe ich mich als Repräsentanten gefühlt.

Überhaupt haben mich Verallgemeinerungen mit der Tarantel gestochen.

Gestern sprach ich mit einem Achtzehnjährigen über Rußland. Er hatte Ansichten. Genau so ausgeprägte, rundliche Ansichten hatte er wie einst Du und ich. Er wußte, was Demokratie, was Freiheit meint. Er verstand unter Freiheit Amerika. Es war alles ganz einfach, was er sagte. Plastisch. Ich redete, wie er mir vorwarf, „drum herum". Erwartest Du anderes von mir? Ich kann nur noch an die Dinge heran, wenn ich um sie herum gehe. Ich schleiche wie eine Katze um den heißen Brei, mit einem verbrannten Geschmack auf der Zunge. Aber niemand hat mich gebrannt oder auf den Mund geschlagen, außer meine eigene Einsicht.

In ein bestimmtes Lager gehöre ich – in das Lager derjenigen, die sich noch in gar keiner Weise beruhigt haben – über Nationalsozialismus und Krieg, über Sozialismus und Kapitalismus, über Schuld und Sühne, über eigene Schuld und eigene Sühne, kann ich mich nicht beruhigen. Auch nicht über unsere Spiegelbilder und unsere Verzerrungen, nicht über Papierverordnungen, an denen Blut und Hunger haften. Ich weiß kein Heilmittel gegen diese Unruhe, und wüßte ich eines, ich würde es nicht anwenden. Es ist mir weder möglich mit einer Phraseologie und Heilpraktikerlehre Strohfeuer zu zünden, die niemanden, außer den Brandstifter persönlich, erwärmen. Soll ich mich an dem Beispiel weiden, daß der Karren nach 1918 ähnlich schief gefahren wurde? Ich sähe keine Zier darin, zur vielgeschmähten, „deutschen Innerlichkeit" abzusinken, nur deshalb, weil sie geschmäht wurde.

Ich habe Descartes stets um den großen Augenblick bewundert und beneidet, da es ihm gelang, sich aller Vorurteile,

allen Wissens, aller ausgetretenen Pfade zu entschlagen,
um zu finden: cogito ergo sum! Warum soll ich es Dich erst
herausfinden lassen, daß vorurteilsloses Denken nicht meine
Stärke ist? Ich bin voll Unruhe – ich bin nicht objektiv – es
gibt Äußerungen und Geschehnisse, zu denen ich rot sehe.
Ich male schwarz-weiß, sicher tue ich das. Zu vielen Bildern,
die sich mir aufdrängen, mache ich einfach die Augen zu: das
will ich nicht sehen! Eine besondere Art der Verwahrung? Die
Wogen des Mitleids, des Grauens – ich will mich nicht von ihnen
überspülen lassen. Ich gehe sparsam mit mir selbst um. Für
welche Richtung, welchen Weg spare ich mich eigentlich auf?
Trotzdem kann ich nicht hindern, daß es auf mich zukommt:
krauses materielles und geistiges Elend, das Elend falscher und
verfälschter Absichten!

„Ach ja, es tut schon weh–" hat Haringer in einem
Abschiedsgedicht vor sich hingesagt. Ich finde nicht, daß es sich
sentimental anhört. Oder faßt Du es so auf?

H e l e n e

– – – – – –

Zweiter Brief

Lieber H a n s !

Noch weiß ich aus keiner Zeile, wie Du Dich entwickelt hast.

Ich erinnere mich gut all unserer Gespräche. Ich hatte mit Wahrheitsfanatismus, der einseitig und glühend war, die „Macht der Stulle" entdeckt! Wieviel Ethik legte meine Gruppe – die Arbeitsgemeinschaft sozialistischer Kinder – in diese Stulle! Der Katechismus flog mir um die Ohren und ich aus der Religionsstunde. Abenteurer des Materialismus waren wir und entlarvten Lehrer, Pfarrer und Eltern. Uns selbst entlarvten wir nicht. Wir waren wunderbar gläubig, in mancher Weise gläubiger als Du. Wir träumten weder von Macht, noch von Vermassung. Freiheit – Gleichheit – Brüderlichkeit – darauf kam es uns an. Wir hofften, auf schnellstem Wege die irrende Menschheit dazu zu bewegen, eine gerechte Verteilung der Güter vorzunehmen, alle lächerlichen Vorurteile abzubauen, niemals der Stimme des Blutes, sondern immer nur der Helligkeit des Verstandes zu lauschen. Die Menschheit sollte sich dazu bekennen, daß sie gut ist.

Der Revolutionär pflegt in reiferen Jahren die Raupen vom Kohl seines Gartens zu lesen – Ideale haben es an sich, von Schuhsohlen platt getreten zu werden – wer Hörner hat, läuft sie sich ab, falls er auf dem Kopfe läuft.

Was ist aus uns geworden?

Möglicherweise glaubst Du, die Schreckensjahre hätten mich soweit gewandelt, daß ich den Kosmos und meine Rolle in der Welt jetzt anders begriffe? Das ist nicht so. Unter Hitlers Herrschaft haben sich meine Träume von Freiheit, Gleichheit,

Brüderlichkeit konserviert, sie haben sich gehalten, ohne sich in positiver oder negativer Richtung zu entwickeln. Ich konnte mit dem Pfund, das ich in mir trug, nicht arbeiten. Ich mußte es vergraben – es blieb ein Pfund. Politische Naivität blieb politische Naivität. Schwarz waren die Totenkopfmachthaber für mich, die sich die Menge dienstbar machten, indem sie ihre niedrigsten und dumpfsten Triebe glorifizierten.

Nein – die Märtyrer ließen es nicht zu, daß ich mich in eine höhere Gelassenheit finden konnte! Wie ich Deinen Vater auf dem Kurfürstendamm traf. Er versuchte, grußlos an mir vorüberzugehen, um mich nicht in den vergifteten Kreis seines gelben Sterns zu ziehen. Ich ließ mir diese Rücksichtnahme nicht gefallen. Da blieb er stehen und hielt den Hut vor seinen Stern. Ich wollte sprechen, dazu hatte ich mich ihm ja in den Weg gestellt, und nun konnte ich es kaum. Ich fühlte die mechanische Zermalmung des flutenden Verkehrs um uns, die tödliche Gleichgültigkeit des Asphalts, auf dem wir standen. Sein Blick kam auf mich zu mit der grauen Größe eines Schmerzes, der ihm noch bevorstand, und den er bereits überwunden hatte. Plötzlich merkte ich, daß i c h ihm leid tat. Was soll ich daran noch schildern? Am nächsten Tag wollte ich ihn aufsuchen, aber er war nicht mehr in der Uhlandstraße. Eure Wohnung war mit einer Plombe der Gestapo versiegelt.

Deinen Bruder fand ich in seinem möblierten Zimmer in der Wittelsbacher Straße. Er mußte Kisten auf dem Schlesischen Bahnhof schleppen. Wir haben uns oft gesehen, bis er plötzlich auch fort war. Seine Wirtin endlich – Du kennst sie doch noch? – hatte ich bewogen, zu mir zu ziehen. Sie konnte schneidern. Wir hatten beschlossen, sie als Hausschneiderin herumzureichen, damit sie ihren Wohnort öfter wechseln könnte.

Bei mir sollte ihr festes Domizil sein. Eines Tages holte sie mich dann vom Geschäft ab, mit einem kleinen Köfferchen. Schon wollte ich mit ihr zum Stadtbahnhof gehen, da fiel mir ein, daß mein Brot nicht reiche. Ich ging in einen Bäckerladen. Als ich wieder herauskam, war sie verschwunden. Ich habe sie gesucht und nicht finden können. Ich hörte später – darauf war ich nicht gekommen –, daß sie plötzlich in ihre Wohnung zurückgelaufen war, den Häschern gerade in die Arme.

Es ist ja Wahnsinn, verzeih mir, daß ich Dir diese Dinge schreibe! Es gab andere, lautere, noch grauenhaftere Geschehnisse! Die Erschütterungen aber, die zum Abgrund der seelischen Existenz hinschwingen, halten uns fest.

Um die schwarze, blutige Kriegsmaschine Deutschland lag für mich eine weiße, schimmernde Welt. Im Osten verstrickte Mütterchen Rußland mit heißblütig slawischer List die gierigen Geier in frierendes Toteneis, verteidigte den tapferen Versuch, der Menschen Dinge neu zu ordnen, gegen unsere stählernen Mordpanzer. Im Westen schimmerte die Sonne der Freiheit vertrauter in den Abendfarben unserer Kultur. Alle miteinander waren sie für mich wie der Erzengel Michael, zu dem ich rief: Verteidige uns im Kampfe, gegen die Nachstellung des Satans sei unsere Schutzwehr! Für Freiheit, Gleichheit, Brüderlichkeit hatte dieser, mein Michael, zu streiten. Nicht um Länderfetzen, nicht um europäisches Gleichgewicht, nicht um die Macht einer Nation.

Ich habe das Kriegsende in einem westdeutschen Dorf, nahe Holland, erlebt. Ich ging gerade, Milch zu holen, als ich ganz nahen Kanonendonner von der Front hörte. Ich habe nicht eine Sekunde die nahende Gefahr gefürchtet. Alle Psalmen sind stumm, verglichen mit der Dankhymne, die in mir aufbrach, weil der Erzengel Michael gekommen war, mit seinem Schwert die Kerker aufzuschlagen, die Konzentrationslager aufzuriegeln, die bleiche Menschen im Moor ersticken ließen – daß nach dieser Sintflut von Mord, Haß und Gier ein Stahlgewitter von Menschenliebe, Freiheit und Gerechtigkeit seine Blitze senden müßte! Und Du warst da. Plötzlich hatte ich keine Angst, Du könntest nicht mehr leben.

Ich glaube, daß sehr viele Deutsche, mochten sie auch beim Biere skeptischer klügeln, von dem gleichen Glückstaumel berauscht, von der gleichen Hoffnung durchglüht waren wie ich.

„You all have been Nazis", sagten die Kanadier.

Dann kamen polnische Truppen und sagten das gleiche.

Es war selbstverständlich. Es war noch Krieg. Wir waren Feinde und alle Nazis. Daß ich nicht daran gedacht hatte – glaubte ich denn, auf meiner Stirn stünden meine Gesinnungen zu lesen wie auf der Kains das Mordmal?

Später kamen die Engländer mit einer No-Fraternization-Order. Die Nazis sagten: „Wir wollen ja gar nicht mit denen reden!" Die Realisten sagten: „Eine verständliche Verordnung".

Ich bin nicht zu stolz, zuzugeben, daß mich die oben zitierten Äußerungen, die Verordnungen, nicht nur kränkten, sondern schwer persönlich verwundeten.

Stell' Dir ein unschuldiges Mädchen vor, das sich, nach inneren Kämpfen, aus wärmster Neigung einem Mann hingibt, und dann erntet sie frivoles Mißtrauen. – Das muß ein ähnliches Gefühl der Verwundung geben.

Neulich unterhielt ich mich mit Bekannten über jene Zeit und führte dieses Beispiel an.

„Das stimmt nicht", meinte einer mit deutscher Unfehlbarkeit.

Aber es stimmt. Wer es nicht mitempfindet, hat eben niemals für den Sieg der Alliierten aus ganzem Herzen gebetet – zu welchem Gott auch immer.

H e l e n e

BERLINER
BRIEFE

Dritter Brief

Lieber H a n s !

Daß Du mir die Annahme, Du hättest die Korrespondenz abgebrochen, fast übelnimmst! Und niemals hättest Du mich mit den Nazis identifiziert. Nein? Du, das ist nichts zum übelnehmen. Meine Sorge oder Bangigkeit hat doch andere Quellen. Du hast mich nicht identifiziert – das ist gut und richtig. Aber „es" hat mich identifiziert. Ich will versuchen, Dir zu erklären, wie ich es meine.

Ich möchte Dich und mich nicht damit aufhalten, etwa einen eigenen Beitrag zur Schuldfrage zuzusteuern. Die Stimmen der Alliierten kennst Du; den Nürnberger Prozeß hast Du gewiß verfolgt, und die Stimmen von Thomas Mann, Hermann Hesse, Ernst Wiechert; Friedrich Wolf und Johannes R. Becher waren sicher auch in Paris zu lesen.

Die Argumente über Schuld und Unschuld lassen sich nach dem Muster allzuoft gespielter Platten ebenfalls numerieren. Etwa, daß Kurt sagt „Schumacher dreizehn", indes Frau Schulz ihrem Ressentiment freien Lauf läßt in einem wiederholten „Alliiert durch drei!"

Daß ich den Schablonenzirkel der Argumente trostlos finde, ist eine der Ursachen, weshalb ich mit dem Achtzehnjährigen „drum herum" redete. Selbstverständlich läßt sich „Material" gegen alles und jedes für alles und jedes häufeln. Aber jetzt bin ich Dir unsere Schuld schuldig.

Eines ist von Anfang des Endes an schlecht gelungen: der deutschen Allgemeinheit Schuldgefühl und Sühnebereitschaft aufzunötigen. Die Erfolglosigkeit aller Erziehung zur Einsicht war von vornherein zu befürchten. Ein besiegtes Volk läßt sich von den Siegern höchst widerwillig belehren. Fahre in Gedanken mit mir in der Stadtbahn, stehe mit mir in der Schlange vor dem Fleischerladen und höre zu:

„Wenn wir gesiegt hätten, dann wären Stalin und Churchill in Nürnberg aufgehängt worden!" „Wir sind ja das schlechteste Volk der Welt – ehe nicht Millionen von uns draufgegangen sind, sind die nicht zufrieden!" „Nächsten Winter soll es noch weniger Kohlen geben – Verbrechen gegen die Menschlichkeit." „Unsere Konzentrationslager? Kommen Se mal nach Sachsenhausen, wo die kleinen Pgs schuften und Kohldampf schieben!"

Lieber – wozu noch mehr dieser Phrasen! Sie drücken alle das gleiche aus. Äußerungen Unterlegener, die sich gegen die moralische Diskriminierung wehren und durch ihre Art des Wehrens sich noch schärfer ins Unrecht setzen. Ich kenne diese Menschen von früher her, wo sie mit bitterböser Arroganz und dümmlicher Gefolgschaftstreue in ihren Herzen achtlos über Leichen gingen, ehrpußlig Mordorden einklaubten.

Im ersten Jahr nach dem Waffenstillstand mischte ich mich ein, suchte den Grund der wirtschaftlichen Notlage zu erklären, auf die Leiden anderer Völker hinzuweisen, auf die Verbrechen, die in unserem Namen verübt wurden, und die wir nicht verhindert haben. Blieb ich sanft, eindringlich, überlegen und sachlich, war der Mißerfolg mir gewiß. Brach sich gelegentlich mein cholerisches Temperament Bahn, war mir die Niederlage desto sicherer. Nie hat irgend jemand zu mir gesagt: „Was Sie sprechen, ist hörenswert. Ich werde darüber nachdenken." Kam einmal Beifall, dann von jemandem, der vorher dachte wie ich. Vielleicht habe ich es auch nicht richtig angefangen. Man sollte wohl demagogischer vorgehen, nach dem guten Vorbild: „Doch Brutus ist ein ehrenwerter Mann!"

Jetzt höre ich nur noch zu und registriere den Fortschritt in der Vernazifizierung breiter Bevölkerungsschichten.

Die Leidenschaftlichkeit meiner Parteinahme hat sich nicht geändert – den Mißerfolg würde ich auf mich nehmen –, der Papageiensprache unentwegt wiederholter Argumente muß sich bedienen, wer sich hat belehren lassen, daß nur Wiederholungen in Gehirn und Blut dringen. Immer wieder dasselbe – noch einmal dasselbe –, das wird Volksgut. Meiner Aposteltätigkeit hat allein meine Phantasie Einhalt geboten, die Phantasie, mittels derer ich in die Menschen hinein-gehe, mit denen ich spreche. Ich sehe ihr Leben zu genau. Ich sehe erloschene Blässe. Ich sehe, daß ihre Bitterkeiten Frühstückssurrogate sind. Ich sehe ihr hoffnungsloses Verarmen, die Emsigkeit, mit der sie ein Loch aufreißen, ein gähnenderes zu verkleben. Der Mann neben mir trägt eine dunkelgraue Hose mit einem lila Flicken auf dem Knie. An seinem ausgemergelten Hals schaukelt der Adamsapfel, während er davon spricht, daß die Alliierten –

Soll ich ihn belehren? Ihm papierene Worte zurufen? Ich fürchte mich davor, daß er mich ansehen könnte, und plötzlich müßte ich in seinen Augen lesen: der Junge, sein achtjähriger, ist von Unterernährung lungenkrank geworden und stirbt ihm langsam.

Gar nichts brauchst Du mir ins Gedächtnis zu rufen, denn ich weiß es ja! Ich kenne die wirtschaftlichen Schwierigkeiten, unter denen jetzt die Kontinente seufzen! Ich kenne die politischen Spannungen, weiß, daß auch anderswo Elend ist, durch uns verschuldetes Elend. Ich habe die Leiden der anderen Völker immer gesehen, als hätte ich sie leibhaft vor Augen. Jetzt habe ich die Leiden meines Volkes nah und bin doch nicht blind. Ich sagte Dir schon, daß ich nicht objektiv bin. Ich kann Menschen, die ich, so kraß und häßlich es klingen mag, geradezu zusammenschrumpfen sehe – deren täglichen Kampf minderster Qualität, der moralische, geistige und körperliche Kräfte in gleicher Weise zermürbt, ich genau kenne – diese Menschen beschuldige ich nicht mehr. Mir stockt das Wort. Um so weniger tue ich es, weil es mir, dank Zufälligkeiten, bisher nicht allzu schlecht gegangen ist.

Mein Schweigen meint ja nicht, daß ich beruhigt oder hinter irgend etwas gekommen wäre! Diese ausladenden Verantwortungen – und wie steht es überhaupt mit meiner eigenen Schuld? Wohin wurde ich gestellt, wohin geschoben? Autonom und politisch bewußt bis in die letzte Winkelkonsequenz habe ich nicht gelebt. Dann würde ich wohl heute kaum mehr leben. Während der Nazizeit beurteilte ich mich besser. Das Nichtmitmachen hatte damals eine spannungsvolle, dramatische Aktivität – keineswegs für mich allein. Umstellt und bedroht waren wir. Wir gaben der „Winterhilfe" fünf Mark mehr, um uns zu tarnen, weil wir dagegen waren, weil wir Moskau, London und die Stimme Amerikas abhörten, weil wir zu unseren jüdischen Freunden hielten.

Wir lebten – nein, ich lebte mit der Absicht, herauszukommen. Das Wort „Lieber tot als Sklave" trieb mich nicht zu Heldentaten. Ihr habt diese Passivität respektiert, Du mit Deinen Briefen, deren Absender nicht den Namen Hans Scholem trugen, sondern den unverfänglichen Fritz Lange. Dein Vater, der mich auf der Straße nicht kennen wollte. Aber darum, weil wir so dachten, darum gelang es ihnen ja auch, uns voneinander zu isolieren, eine Bannmeile der Lebensangst um uns zu gürten, uns immer einsamer, immer wehrloser zu machen!

Es gab ganz andere Menschen – aber ich gehöre nicht dazu. Ich habe während der zwölf Jahre nicht unter der selbstgewählten Geißel eines illegalen Kämpfertums gelebt, sondern ich habe – umschattet von einem verhaßten Regime – gelebt. Ich habe mich für meinen Beruf ausgebildet, ich habe gute Bücher gelesen, habe darauf gewartet, daß der Erzengel Michael für mich kämpft!

Damals hielt ich mich weder für feige, noch für schwach. Die rücksichtslose Kritik an meiner persönlichen Haltung setzte erst nach dem Kriege ein, wurde hervorgezerrt durch ein Erlebnis, dessen ich mich schäme und worüber ich schweigen würde, glaubte ich nicht, es ist ein typisches Antinazi-Nachkriegserlebnis. Während eines politischen Gesprächs wurde ich von einem Ausländer befragt:

„Sagen Sie mal, was haben Sie eigentlich während der Nazizeit gemacht?"

Worauf ich dann, in die Verteidigung gedrängt, wie eine Krämerseele meine kleinen Leistungen im großen Streit hervorkehrte und sie – denn so bedeutend sind sie nicht – aufzäumte. Nicht umlog, aber aufzäumte wie die geputzten Paradepferdchen. Anschließend an diese widerwärtige Aufzäumerei befiel mich ein Katzenjammer, den ich meinem ärgsten Feind nur dann wünschen würde, wenn er gut darüber hinwegkommt! Ich tastete mein charakterliches Rückgrat schonungslos ab und fand es durchaus nicht so köstlich steif, wie ich es mir eingebildet hatte. Meine Phantasie gaukelte mir

die Versuchungen vor, die nicht an mich herangetreten waren.
Ein relativ unabhängiger, freiberuflich arbeitender Mensch
schmachtete nicht in den gleichen Ketten wie ein Beamter.
Ein Mensch, der eine sublime, international ausgerichtete,
künstlerische Erziehung genossen hat, verfügt über andere
Reserven als Dorfschullehrers Lieschen. Nichts, bitte, gar nichts
gegen Dorfschullehrers Lieschen. Man darf es aber nicht mit
zuviel Verantwortung für Geschehnisse und Strömungen beladen,
die es nicht übersehen kann, weil die Basis fehlt. Soll ich mir
denn, meiner besseren Ausrüstung wegen, edel vorkommen? Der
Werkmeister, der acht Jahre lang arbeitslos war – bitte, man muß
sich das vorstellen, was acht Jahre Hoffnungslosigkeit und Hunger
bedeuten, man muß es sich jeden Alltag und jeden Sonntag lang
ausmalen! – und sich dann um Brot für seine Familie unter
Hitlers Fahne stellte, er mag kein Deut schlechter sein als ich. Ich
habe mich niemals in einer drohenden Zwangslage befunden.
  Ob man mit diesen Dingen jemals fertig wird?
Ich bezweifle es. Wie oft hörst Du heute in Deutschland
Stimmen, die meinen, der Nationalsozialismus sei nicht mehr
interessant; von den Verbrechen gegen die Menschlichkeit, von
Konzentrationslagern und Judenverfolgungen hätte man reichlich
genug gehört! Ach, Lieber – was heißt hier interessant! Es wird
doch immer schlimmer, je länger es her ist! Aus den Wirren der
Geschehnisse treten die Schatten dunkler hervor. Die Wirren
schwinden, aber die Schatten werden größer. Die Gräber der
in Auschwitz vergasten Freunde sind in mir. Die Gräber der
Soldaten aller Länder. Die heimatlosen zwangsverschleppten
singen ihr monotones Lied vom Heimweh, das mich nicht losläßt
– die verwahrlosten und hungernden Kinder – die Verhungerten
in Griechenland – die Skelette, die aus den Moorlagern in unser

Mil-Gov-Büro schwankten – die Krüppel aus den Lazaretten –
alle kommen sie zu mir – und ihr Schweigen schreit: Aber D u
konntest nicht sterben!

Sie glauben heut, diese mitleidslosen Mitläufer, aus
Konjunktur und zum Vergnügen sprächen die Dichter von den
kaum vergangenen Grauen – sie verstehen es einfach nicht, daß
diese Dichter doch gar nichts anderes schreiben können! So
lange wird es „interessant" sein, so lange wir leben. Denn die
Schuld daran, die Hoffnung, daß es nie wieder geschehe, können
uns nicht mehr verlassen. Das Wort ist unser einziger Trost:

> „Sehr schrecklich, Freunde, ist das Schweigen.
> Doch schweigen schrecklicher noch die
> mit kaltem Mund dort drüben schlafen,
> zerteilt in der Anatomie."

Wir haben es mit Weisenborn alle ausgekostet, wie
schrecklich das Schweigen war – Du mit uns, in den ersten
beiden Jahren, als Du noch hier warst, Hans.

Du mußt mich recht verstehen.

Ich bilde mir nicht ein, daß ein heldisches Verhalten
meinerseits am Gang der Welt irgend etwas geändert hätte. Es
handelt sich nicht um Nutzen und Erfolg. Es handelt sich um
eine moralische Forderung, die nicht bezahlt wurde, die jetzt in
kleinen Münzen der Verzweiflung bis zum Tode abgetragen wird.
Mit der Be-schuldung meiner eigenen Person begann ich mich
mit Intensität in die Lage der „Volksgenossen" zu versetzen und
sie zu ent-schuldigen.

Lege Dein Ohr an die deutsche Erde, Lieber – vernimm
in den heimlichen Drähten den unheimlichen Kontakt eines

falschen Summens: Unehrlichkeit, Prahlerei. Es ist Zeit, und es
ist zu späte Zeit, daß damit aufgeräumt wird. Ich will bei mir
selbst anfangen und bei mir selbst aufhören, denn ich bin von
niemandem zum Richter bestellt.

Heute finden wir unter unseren Antifaschisten leider
nicht wenige, die ihre aufrechte Gesinnung während der Nazizeit
entwerten, indem sie Ballungen von illegalem Kämpfertum
aufblasen, einander Stichworte in die Zeilen spielen, und in
Wirklichkeit, in der grauen Unerbittlichkeit der Kriegsjahre,
tranken auch sie nur Tee! Viele lebten relativ friedlich am Rande
und nennen den Rand jetzt Guillotine! Ein Galgen stand für
jeden bereit. Ich gönne jedem die Ehre und jedem seinen Kling-
Klang – wenn es doch nützen wollte! Aber die Masse zuckt nur die
Achseln gewissenloser Trägheit und bekümmert sich wenig um jene
antifaschistischen Gruppen, die sich zu ihrem eigenen Vergnügen
umhehren und umhelden, ihren Alltag vergolden und ihre
Bangigkeiten vermärtyrern. Dann wieder sind sie sich nicht einig,
sie feilschen um das Verdienst. Sie wissen etwas vom Bruder und
räumen gern auf, schaffen Ordnung überall – außer in sich selbst.
Das Volk aber begeifert die wirklichen „Opfer des Faschismus",
hörte von den unmenschlichen Leiden, sah die Skelette aus den
Lagern kriechen, sah – und glaubte nicht! Die Böswilligkeit
schlug sie mit Blindheit, und die Dummheit tat das Ihrige dazu.
Die lächerlichen Vorteile, diese armen Pflaster auf Wunden, die
niemals ausheilen können, werden beneidet und vergiftet.

„Wir sind alle Opfer des Faschismus!", schreit der kleine
Mann, der einmal sagte: „Der Führer wird schon wissen!"

Nein, Lieber – ich bin nicht objektiv, und die absurdesten
Wunschträume haben schon mein Hirn gekreuzt, wie man
anerkennende Ehrung für die Opfer erzwingen könnte! Ich

kann über das Problem des Antisemitismus nicht diskutieren. Eine „Judenfrage" nach all dem, was geschehen ist? Über Juden spricht man nicht, vor ihnen steht man auf, wenn man vor Erschütterung noch die Fähigkeit besitzt, aufzustehen. Gerade darum, weil sie nicht als freiwillige Heroen in die Lager liefen! Gerade darum, weil sie allein eines imaginären Blutes wegen verfolgt wurden! Das freiwillige Opfer hat seinen Lohn in sich. Dulce et decorum est – Übersiehst Du nun, was es mit unserer Schuld auf sich hat? Und wieso „Es" mich im Gegensatz zu Dir identifiziert? Wer im Frühling 1945 nicht aus dem Gefängnis oder dem Konzentrationslager kam, ist mitverantwortlich. Wer aber den anderen neben sich leichtfertig beschuldigt, macht sich schuldig. Wer in sich selbst hineinsieht, der wird stumm. Wer die „Opfer des Faschismus" und die „Opfer der Nürnberger Gesetze" nicht ehrt, macht sich schuldig. Wer diese Opfer aber beschuldigt, belädt sich mit einer Verantwortung, für die er niemals geradestehen kann.

Wer das arme Leben kennt und das Zerriebenwerden im Getriebe, der entschuldigt. Wer begreift, daß ein Leben nach Prinzipien kaum jemals stattfindet, der entschuldigt. Einer emigrierte, weil er auf rauschenden Empfang des Auslandes zählen konnte. Ein anderer blieb, in Deutschland, weil er nicht im „Elend" sterben wollte. Einer emigrierte, weil der Onkel schon in New York – ein anderer blieb, weil er Großmuttchen nicht verlassen konnte – wegen ihres Herzfehlers war es noch schwerer. Meine Freundin Mary blieb in Deutschland, weil ihr Mann im Zuchthaus war. Weil sie ihn nicht liebte, glaubte sie, ihm die Treue des Ausharrens doppelt schuldig zu sein.

Du fragst nach Martin. Es hilft wohl nichts, wenn ich versuche, sein Schicksal in einem Tuch sanfter Worte zu

verhüllen. Er hat 39 geheiratet. Sie hatten vier kleine Kinder.
Martin wurde zur Fabrikarbeit gezwungen und arbeitete
außerdem jeden Tag nach Feierabend schwarz, um wenigstens
etwas Gemüse und Milch für die Kinder zu kaufen. Bei mir war
er auch oft. 43 war die ganze Familie unheilbar lungenkrank.
Sechs Wochen war das Jüngste alt, als sie in die Burgstraße
zum Weitertransport kamen. Durch einen Polizisten sandte
Martin Hilferufe um Milch an uns. Es gelang uns, mit Hilfe des
Polizisten Nahrungsmittel zu schicken. Dann ging der Transport.
Von irgendeiner Station hat Martin eine Karte an mich
abgeworfen. Sie fuhren nach Auschwitz, dann habe ich nichts
mehr gehört. – Bald mehr!

H e l e n e

BERLINER
BRIEFE

– – – – – –

Vierter Brief

Lieber H a n s –

Du hast mich so vieles auf einmal gefragt. Ich kann nicht
schnell mit Ja und Nein antworten. Ob – und in welcher Partei
ich wäre. Es interessiert Dich gewiß nicht, daß ich nominell
zu keiner gehöre. Die Ursachen der Zugehörigkeit oder des
Fernstehens muß ich Dir breiter auseinanderlegen.

Lächeln mußte ich zu Deiner – Kritik an meiner Stellung
zur Judenfrage – daß diese Art Philosemitismus schon beinahe
antisemitisch wäre!

Das Briefeschreiben ist doch nicht einfach! Denn setzt
man nicht immer Voraussetzungen voraus – muß man sie nicht
voraussetzen, um überhaupt etwas auszusagen? Plötzlich merkt
man, daß man zuviel an selbstverständlichem Verstehen annahm.
Nun muß ich schon fürchten, wieviel Du bei mir voraussetzen
magst und dann ein Manko entdeckst. Wir waren zu lange
getrennt, wir müssen einander einiges nachsehen.

Also doch: „zur Judenfrage". Theoretisch bin ich kein
Philosemit. Ich halte die Juden nicht für das Salz der Erde. Ich
halte sie für schwach und stark im Guten und Bösen, wie alle
Menschen, und finde einen Philosemitismus ebenso absurd, ja
verwerflich, wie Antisemitismus. Menschen wie alle – mit den
Grundrechten wie alle. Ich liebe es nicht, wenn von sogenannten
guten oder schlechten „jüdischen Eigenschaften" gesprochen
wird. Denn damit ist die Grenze schon gezogen, die übertreten
werden muß, will man zu einer allgemein menschlichen
Gesittung gelangen. Ich halte es für Anmaßung, die Juden zu
einer Renationalisierung zu bereden, zu einer Konzentration in

Palästina. Ebenso anmaßend ist die Zumutung, sie hätten sich
schleunigst zu assimilieren. Sie mögen das halten, wie es ihnen
beliebt. Und sollte es einigen gefallen, mit Kaftan und langen
Bärten über den Kurfürstendamm zu schlendern, so wäre das
längst kein Grund zum Kochen irgendeiner „Volksseele"! Ich
verlange von ‚niemandem, daß er sich prinzipiell mit Juden
befreunde. Es lebe jeder nach seinem individuellen Geschmack
und suche sich den Umgang, der ihm liegt.

Praktisch dagegen bin ich Philosemit, bin nicht zuletzt
vom Antisemitismus in diese Praxis gestoßen worden. Das
fing an, als ich in die Schule kam. Ich hatte mich am ersten
Tag mit Brigittchen Laban befreundet, und mein Großvater
sagte: „Ausgerechnet mit dem Judenmädel!" Ich grübelte über
diesen ablehnenden Ausruf nach und glaubte, er nähme es
Brigittchen übel, daß die Juden Christus ans Kreuz geschlagen
hatten. Darum erzählte ich ihr am nächsten Tag in der großen
Pause von dieser schrecklichen Tat. Sie hatte nie etwas darüber
vernommen, fing an zu weinen und erklärte, sie würde so
etwas bestimmt nie tun und könnte gar nichts dafür, was ihre
Vorfahren getan hätten. Mein Großvater schwieg, als ich ihm
von der Unterredung berichtete. Er nickte nur und verließ
das Zimmer. Ich glaube, wie ich ihn jetzt beurteile, daß er
gerührt war. Aber seit diesem kindlichen Erlebnis war es
eine ständig sich wiederholende Erschütterung für mich, daß
der gesellschaftliche Antisemitismus die wenigen jüdischen
Kameradinnen schlug. Aus Gerechtigkeitsgefühl hielt ich
mich zu ihnen. Hieß ein Mädchen Mirjam, dann war es eben
meine Freundin. Ich war sicher nicht mehr „objektiv". Wie erst
sollte ich objektiv werden, als der Wahnsinn des politischen
Antisemitismus sich mehr und mehr breitmachte! Gerade

daß die Lehrer mich zu sich riefen und „meinen Umgang"
kritisierten, bestärkte meine Treue. Es handelt sich wohl um
den gleichen Quell, aus dem ich den Sozialismus schöpfe. Ich
muß mich auf die Seite unterdrückter und getretener Menschen
stellen – es ist nicht unbescheiden, es so zu formulieren, denn
ich stehe mit dieser Haltung nicht allein.

Meine Äußerung aber, daß man nicht über Juden
sprechen soll, sondern vor ihnen aufstehen, ist kein Resultat
meines höchst privaten Philosemitismus. Ich glaube Dir
auch Deinen Ärger darüber nicht ganz, ich halte ihn für eine
Augenblickslaune, die Du Dir – als Jude – gestatten darfst. Es
dürfte in Deutschland nur e i n e Diskussion geben: wie können
wir etwas, wenigstens etwas wieder gutmachen!

Nichts geschieht, nichts, gar nichts. Ich kenne Juden,
die elend dran sind, und denen keiner hilft. Das Los der Juden
war in der ganzen Welt bekannt – es ist ein Unrecht, daß sie
den Alliierten nicht gleichgestellt worden sind, in ihren Rechten,
in ihrer materiellen Versorgung. Daß sie heute getreu unsere
Suppe mit auslöffeln müssen, ist unsagbar ungerecht, über
alle Maßen hart. Daß sich der Mann, der fünf Jahre lang im
Konzentrationslager gequält wurde, der geschlagen wurde, der
gehungert hat, heute um das Brot für seine Familie, um sein
bißchen Tabak bitter sorgen muß – siehst Du denn nicht, daß
man kein Philosemit zu sein braucht, und doch schreit es zum
Himmel!

Oh, über manche unserer herrlichen antifaschistischen
Volksanführer! Da hat einer in der Nazizeit von einem Juden
ein Geschäft gekauft. Es war ein legaler Verkauf, der Jude hat
eine Geldsumme erhalten. Das Geschäft war nicht bedeutend,
der „Arier" hat es im Lauf der Kriegskonjunktur ausgebaut und

ist dabei wohlhabend geworden. Der Jude ist aus der Emigration zurückgekehrt und nahm – Unschuld über Unschuld! – an, daß er seine Existenzgrundlage zurückerhalten würde. Denn die Rechtssituation, in welcher der Verkauf stattfand, war eine Ebene der Schiefheiten. Der „Arier", ein Mann der SPD, handelte nicht beispielhaft. Beispielhaft wäre es gewesen, er hätte das Geschäft abgetreten und gesagt: „Ich habe gut davon gelebt – hier ist Ihr Eigentum zurück. Ich sehe, daß eine allgemeine Wiedergutmachung nicht stattfindet – also fühle ich mich als Antifaschist verpflichtet, persönlich Wiedergutmachung zu leisten." Statt dessen bestand der sozialdemokratische Shylock (der im Rahmen seiner Partei genugsam Verdienstmöglichkeiten besitzt) auf seinem Schein, er führte einen schändlichen Prozeß durch, den der Jude verlor. Natürlich verlor er ihn. Er hatte legal verkauft. Und wie sollte ein Deutscher nicht seine Rechte wahren, sollte es seinen kleinbürgerlichen Genossen nicht vorleben, wie man einen wohlerworbenen Besitz verteidigen muß!

Flammende Reden über das Unrecht, das geschah, wird jener Mensch wohl gehalten haben! Aber siehst Du, hier ist keine Liebe, keine Größe – hier sind nur Phrasen. Im übrigen sind Schändungen jüdischer Friedhöfe an der Tagesordnung. Brauchbar sind Juden zur Entnazifizierung – wenn man Suppenteller, die sie einmal leer gegessen haben, vor der Spruchkammer schwenket! Ach bitte, denk' Dich doch hinein!

Helene

BERLINER
BRIEFE

– – – – – –

Fünfter Brief

Lieber H a n s !

Mit Ernst – Du besinnst Dich auf ihn? – stand ich
im Jahre 1931 vor einer Nazifiliale, und er las mir, veralbert
jiddelnd, das Verslein vor:

> „Und es lügt und verleumdet und mauschelt und zischt,
> wie wenn Mosse mit Ullstein sich menget!"

Dann pfiffen wir, er reinlich und vollklingend, ich
aus besten Kräften, die Internationale. Der braune Inhaber
stürzte heraus, uns zu verjagen. Ein arischer Herrenmensch,
bläßlich, mit Pickeln im Gesicht. Er zankte mit uns, und wir
pfiffen, standen breitbeinig und fest gewurzelt, die Hände in
den Taschen, und blickten aggressiv und humorlos. Es war
ein wundervoller Frühling, ein Steglitzer Frühling mit weißen
Schleifen und holden Muffigkeiten. Es war ergreifend und
unbegreiflich schön, auf der Seite der „unterdrückten Klasse"
zu kämpfen, Masken abzureißen, die Wahrheit genau zu kennen
– Aufbruch der Vernunft zu einem tödlichen Frühling der
Unvernunft.
Meine Sehnsucht gipfelte darin, wieder mit der
unterdrückten Klasse zu kämpfen. All die Jahre hat mich das
bestimmt, was ich einmal nicht weiterleben durfte. Ich will Dir
nicht verhehlen, daß ich diese Sehnsucht noch jetzt ganz und gar
besitze, nur mit der Differenzierung – nein, das muß gründlicher
gesagt werden. Ich war noch in der britischen Zone, als die
Gründung von Parteien gestattet wurde. Jetzt hatte ich einen

Rahmen für meine Sehnsüchte Das Wort „Genosse" im Ursinn, nicht im Sinne eines anmaßenden Privilegs „Wir, die dran sind" – Genossen, unsereins, für Freiheit, Gleichheit, Brüderlichkeit!

Aber schon bei der ersten Versammlung in Osnabrück schlug eine Uhr: „Tick-tack-Tak-tik-Tick-tack-Tak-tik!" Denke Dir, daß ich dachte: jetzt muß es um Wahrheit gehen! Daß ich fest glaubte, die Zeiten irgendeiner Art von Propaganda, von politischem Schleichhandel, seien vorüber. Ich fühle noch jetzt mein Erschrecken, weil ein Genosse ausführte, was alles an taktischem Geschick bei den Nazis zu lernen wäre! Er baute einen Schlachtplan auf, wie die sozialdemokratische Partei Schlüsselstellungen besetzen müsse – usw.

In diesem Augenblick, wo ich das schreibe, sehe ich uns beide über den Fichtenberg gehen, wie vor vielen Jahren. Wer sich in den Kleinkram der Parteien zwängt – so sagtest Du damals –, hat auf Wahrhaftigkeit bereits verzichtet und kann auf Wahrheit erst ganz verzichten. Die Politik sei ein Geschäft, so meintest Du, und zwar ein schmutziges. Schmutzig, weil sie eine Tarnkappe von Idealen und Illusionen vor ihr wahres, gieriges, wirklichkeitssattes Gesicht halte.

Sagst Du heute noch das gleiche? Hast Du nicht eingesehen, daß wir uns den alltäglichen Wirklichkeitsfragen tätig stellen müssen? Unsere Aufgabe hat zu sein, daß die Politik kein schmutziges Geschäft aus Gier und Lüge sei! Warum kann, fragt sich der politische Naivling, und ist sich seiner Torheit voll bewußt, warum kann Politik nicht grundlegend geändert werden, nur dem Zweck dienen, der Menschheit jammervolles Chaos zu entwirren?

Es gibt Ansätze dazu. Denke an den Nürnberger Prozeß! Zu diesem Prozeß gab es, daher wird er von trockenen Juristen

gern begeifert, bisher keine geformte legale Grundlage. Und
doch war die Grundlage vorhanden, tief und wahr vorhanden
in allen Menschen, die das lasterhafte Schalten mit dem Leben
und Gut von Untertanen als krasseste himmelschreiende
Sünde erkannten. Aus diesem Prozeß muß ein neues Gesetz,
ein neuer Maßstab für politische Wege erwachsen. Nicht als
einmalige Abrechnung mit einem Gegner, der Hybris hatte und
dafür zahlen mußte, kann er angesehen werden. Wird er nicht
beispielhaft, fundamentierend, verbindlich für die ganze Welt,
dann steht er als gespenstisches und tragisches Kuriosum da.

Und geht es wirklich um Menschlichkeit und Ordnung,
dann ist gleisnerische Taktik (nicht sinnvoll kluge Erziehung
meine ich) ein überflüssiges Mittel einer überwundenen, einer
schlechteren Epoche.

Ich lief in Osnabrück nicht gleich davon. Ich konnte es
mir gar nicht anders vorstellen, als daß ich tätiges Mitglied einer
Partei sein müßte, mit den anderen zusammen die Kastanien aus
dem Feuer des Zusammenbruchs retten.

Ich will jetzt versuchen, über unsere Parteien nach dem
Kriege zu sprechen. Es wird mir schwerfallen, ein System in
meine Darstellung zu bringen. Vergeblich wirst Du nach einer
fest umrissenen Meinung suchen. Ich bin nicht gegen Parteien.
Ich bin für Parteien, mittels derer es dem Volk möglich ist,
sich zu äußern. Ich bin für ein lebendiges Parteileben, für
eine weitgehende Lockerung jeder Partei-Engstirnigkeit, die zu
nichts anderem führt als zu einem überheblichen, dümmlichen
Sektierertum.

Es ist keineswegs eine Notwendigkeit, daß Anhänger
des historischen Materialismus zu „hysterischen Materialisten"
werden (eine hübsche Prägung des Dichters Charles Morgan).

Es ist auch nicht notwendig, daß im Rahmen einer Demokratie die Parteien über einen luftleeren Raum von Haß und Verständnislosigkeit miteinander zanken. Schwimmende Übergänge wären wahrhaftiger als abgehackte Einseitigkeit.

Siehst Du, der politische Naivling glaubte nicht nur, daß die Völker sich nach diesem Kriege zu einer gradlinigen Friedensarbeit finden würden. Er nahm auch an, jetzt sei die Zeit gekommen, wo Vertrauen und Freundschaft aus dem Leid herauswachsen würden, die Entbehrungen gegenseitig leichter gemacht, die gegensätzlichen Meinungen mit wohltuender und wohlmeinender Schärfe aufeinanderprallen. Ein immer waches Bewußtsein davon, was die vergangenen Jahre an Unwürdigkeit und Spitzelsystem mit uns angerichtet haben.

In Westdeutschland wurden die naiven Träume sofort enttäuscht. In Berlin soll anfangs dieser jubelnde Geist der Solidarität geherrscht haben. Anfangs. Dann gibt es traurige Kreuzgangstationen: etwa der mißglückte Versuch, die sozialistischen Parteien vereinigen zu wollen – der unbändige, großzügige und kleinlichste Haß, der sich daraus entwickelt hat. Die Station der Berliner Wahlen vom vorigen Oktober war auch einen durststillenden Essigschwamm wert. Ich komme später darauf zurück.

Selbstverständlich fühlt unsereiner sich heute unendlich viel glücklicher am Leben als in den Hitler-Jahren. – „Sehr schrecklich, Freunde, war das Schweigen." – Jetzt bewegt man sich in Berlin frei, spricht und schreibt, was man denkt. „Man" fühlt sich frei? Wir fühlen uns frei. In einer ganz vertrackten Weise ist unsere Denkrichtung „oben". Wir sprechen nicht im Namen des deutschen Volkes. Man will unsere Mahnungen, unsere Deutungen nicht. Wir sind keine F ü h r e r geworden.

Wer sind w i r ? Mit diesem Wörtchen umfasse ich alle geistigen und politischen Charaktere in Deutschland, die, in welcher Partei sie jetzt sein oder nicht sein mögen, bewußt prohumanitär, das heißt antifaschistisch gewesen – und geblieben sind. Letzteres ist nicht selbstverständlich! Es gibt neue Profaschisten zur Genüge. Sie vergnügen sich schelmisch und bitter. Die Witze, die sie über unsereinen einander zuschreien (Flüstern ist nicht mehr nötig!), erinnern in häßlicher Weise an jene Witzchen, die in den ersten Jahren des Naziregimes ziemlich friedlich meckerten. Weiß Ferdl erschien in München vor seinem Publikum, auf der einen Schulter eine Zwiebel, auf der anderen vier. „In der Nazizeit hat uns einer gezwiebelt – jetzt zwiebeln uns vier!" – Oder: Ein Deutscher, ein Amerikaner und ein Engländer stehen vor einem Lazarett: Der Amerikaner: „Wir haben eine so wunderbare Beinprothese, daß Amputierte jetzt schon Wettlauf und Weitsprung mit besten Erfolgen treiben!" Der Engländer: „Das ist noch gar nichts! Wir haben eine so wunderbare Handprothese, daß ein Amputierter den Weltrekord im Schreibmaschineschreiben errungen hat!" Der Deutsche: „Das ist ja gar nichts gegen uns: Wir haben eine so wunderbare Kopfprothese, daß jetzt Leute, denen der Kopf im Konzentrationslager abgeschlagen wurde, mit dem Holzkopf bei uns in der Regierung sitzen!"

Das genügt wohl fürs erste.

Ideologisch sind wir „an der Macht". (Mit unseren Holzköpfen.) Wir sind genau so wenig durch Stimmenmehrheit und Volksbewegung an diese ideologische Macht gelangt wie seinerzeit die Nazis. Wir sind genau so wenig beliebt wie jene in der ersten Zeit, ehe sie noch dazu kamen, das Volk mit Brot und Spielen zufriedenzustellen, es endlich zu einem Größenwahnsinn umzuerziehen, aus dem heraus es heute, hungernd und jämmerlich, gegen die Alliierten und uns marktschreit.

Die Alliierten und wir – halte bitte die Definition des „Wir", die ich oben gab, fest – führen eine schwierige Ehe. Eine Ehe ist es. Als die Alliierten kamen, um uns zu heiraten, gingen wir ihnen entgegen. Aber unsere Lämpchen hatten wir entweder verlöschen lassen, oder sie waren bessere Beleuchtung gewöhnt – jedenfalls verstanden sie nicht immer unsere Gesinnung und unsere Situation: Nur ein kleines Beispiel zur Illustration: Mir hat, fürwahr!, mein englischer Chef vorgeworfen, daß ich keine gute Deutsche wäre, weil ich für die Engländer arbeitete. Das Vertrauen, mit dem wir ihnen entgegenkamen, hatten sie durch ihre Sendungen in deutscher Sprache, unsere heimlichen „Abendandachten", ja erst genährt. Wir waren beide, sie und wir, psychologisch unzulänglich vorbereitet. Daraus ergab sich ein trauriger Mangel an Anmut und Würde. Sie bedurften, um zu regieren, unserer zur Hochzeit. Dann warfen sie uns gleichzeitig in einen deutschen Schuldkomplex mit hinein, in den wir nicht gehörten. (In Schuldverkettung gehören auch wir – aber nicht, wie sie es ansahen.) Laut Fragebogen, Vergangenheit, Referenzen wurden wir zur Hausfrau ernannt, die, Schlüssel am Gürtel, umher geht und das deutsche Hauswesen, Kultur, Politik, verwesen kann – bis auf jene wichtigen Dinge, die der Hausherr allein entscheidet. Selbstverständlich hat er das Recht, dieser Gattin zur Linken jederzeit jeden möglichen Schlüssel fortzunehmen.

Wir – die Hausfrau – sind nicht durch Liebesheirat in unser Amt gekommen. Unser Ehemann nahm ausgesprochen vorlieb, und mißtrauisch – eine Berechtigung dazu mag vorliegen – hört er die Schlüssel im Hause klappern und sieht uns auf die

Finger. Aber noch ungleich schlimmer ist es, daß unsere Kinder uns nicht lieben. Wir sind die böse Stiefmutter, die Frau des noch böseren Stiefvaters. Und weil der Haushalt so bitter arm ist, die Kinder nicht satt werden und keine Schuhe haben, trifft uns jeder mögliche Fluch.

Der mangelnde Revolutionsgeist in Deutschland legt heimliche Schlingen und Fallen. Auf die Gefahr hin, daß Du mich für eine Bestie hältst: es hätte nach dem Zusammenbruch eine radikale Abrechnung stattfinden müssen! Das getretene und verratene Volk hätte seine „Führer" eigenhändig an die Laternenpfähle hängen müssen! Das wäre Gerechtigkeit gewesen, Gerechtigkeit und Entlastung. Dann hätte ein heilsames Erschrecken nach gelöschtem Rachedurst eine Demokratie gesicherter Menschenrechte schaffen müssen.

Ich glaube, Dich noch so weit zu kennen, daß ich Deinen Einwand jetzt schon weiß: „Terror – Gegenterror!" Hans, es gibt geschichtliche Situationen, wo nur diese Antithese den Weg zu einer reinen Synthese bahnt. Das gerechte Schicksal des blutigen Tyrannen ist es, durch seine Waffen zu fallen. Wieviel kleine, graublütige Tyrannen lauerten um uns! Was sich am Volksgerichtshof zugetragen hat, ist nicht gesühnt! Tiere, die damals hätten gehängt werden müssen, erheben jetzt anmaßenden Anspruch auf Entnazifizierung, und schaffen sie es nicht beim erstenmal, dann zuversichtlich, wenn sie Berufung einlegen.

Zu Beginn der Nazizeit florierte der Scherz: „Jeder Nazi hat einen jüdischen Freund – soviel Juden gibt's ja gar nicht!" Heute darf man sagen: Jeder Nazi hat einen antifaschistischen Freund – und weil es noch viel mehr Nazis gibt, schützen manche angeblichen Antifaschisten zwei und mehr!

Der Nationalsozialismus ist eine Pest, eine Seuche, ansteckend, immer wieder in schwärenden Beulen vorbrechend! Ein Großteil der Entnazifizierten atmet begeistert diese Pest ins Volk, hat sie in keiner Weise überstanden.

Vom freigelassenen Verbrecher wähnt die Menge, daß er nicht so schlimm gewesen sei. Begriffe wie Gnade oder Gewissen lebendig zu machen – nach einer Zeit der Willkür und Gewalt –, ist unendlich schwer.

Noch sind die Voraussetzungen für eine deutsche Demokratisierung allzu schwach. Was sitzt eigentlich bei uns am Steuer: eine Diktatur der Demokratie?

H e l e n e

BERLINER
BRIEFE

— — — — — —

Sechster Brief

Lieber H a n s –

es ist Dir sicher nicht einfach, meinen mitunter
zugespitzten Formulierungen zu folgen. Aber so leicht
wie in Deinem letzten Antwortbrief darfst Du es Dir auch
nicht machen. Du widerlegst mir den Begriff „Diktatur der
Demokratie" mit einer Abziehbildschablone, die aus einer
anderen Schachtel stammt.

Daß wir in Deutschland noch keine Demokratie haben,
sondern eine Viermächteregierung, die regiert, die es sich zu
einem der Ziele ihrer Regierung gemacht hat, das deutsche Volk
dazu zu erziehen, daß es einmal eine selbständige Demokratie
werde, habe ich längst begriffen.

Nicht die realpolitische Situation meinte ich, sondern
die geistig-pädagogische Situation unseres „Obenseins" von der
Militärregierung Gnaden. Es ist ja nicht so, daß in Deutschland
80 Prozent mehr oder weniger reife Demokraten leben, die sich
gegenseitig für eine künftige Selbstregierung erziehen. Sondern
es ist so, daß die führenden deutschen Kräfte der Umerziehung
bei weitem nicht die Resonanz im Volke gefunden haben, um
breit wirksame Erziehungsarbeit zu leisten. Lies daraufhin meine
Briefe bitte noch einmal nach: die Zitate aus dem Volksmund,
die grassierenden Witze! Man hat uns nicht gerufen: Helft uns
aus der Ratlosigkeit, klärt unsere politischen Begriffe, deutet
uns die Fehlerquellen nationalsozialistischen Denkens und Tuns,
rüttelt unser Gewissen auf, lehrt uns begreifen, inwieweit wir uns
schuldig gemacht haben, wie wir es wiedergutmachen können!
Nein – wie viele hatten schon genug von uns, ehe wir noch den

ersten Satz zu Ende gesprochen hatten. Unsere Ansichten sind – das waren wir zu Nazis Zeiten wahrhaftig nicht gewöhnt – die genehmigten. Wir brauchen nicht mehr zu schweigen. Und jetzt rufen wir, nur wir. Aber auch wir hören bisher nur zu. Wir fühlen uns befreit. Die große Masse der Deutschen, die alten und neuen Profaschisten, die politisch Uninteressierten, sie hören uns noch immer nicht an. Aber wir herrschen in Rundfunk und Presse. Unsere Meinung wird ihnen oktroyiert – deswegen ärgern sie sich und fühlen sich unfrei. Das ist es, was ich Diktatur der Demokratie nenne – und ich denke, mit einigem Recht.

Vielleicht verstehst Du diesen spitzigen Begriff noch besser, wenn ich weitere Schilderungen aus unserem Leben an Dich gesandt habe.

Heute möchte ich Dich zur Entspannung auf einen Kaffeeklatsch laden. Komm in die Konditorei von Robert Heil am Olivaer Platz mit mir zum „Klassentag". Ein Klassentag ist, wenn sich die überlebenden einer Schulklasse treffen, sich zu beäugen, was aus allen geworden ist. Ein Klassentag pflegt laut zu sein, geladen mit unangenehmer Neugier. Verheiratet – geschieden – verlobt – entlobt – zwei Kinder – drei Kinder – gestorbenes Kind – Sekretärin – Studentin – (Dacht ich's doch!) – hübsch geworden – dick geworden – doof geworden. Ein Klassentag ist eines der plumpsten gesellschaftlichen Vorkommnisse, die einem zivilisierten Menschen zustoßen können.

Kommt nicht zurück, ihr lieblichen Gestalten! Die zarten Farben der Jugendjahre, deren Schwere von fern berückend wirkt, haftet noch an Julias verlegen-damenhaftem Lächeln, schwingt bunt und zierlich wie Christels Trachtenröcke, und Helgas kleiner Sprachfehler hat unvergeßlichen Reiz. Es gibt Freundschaften aus der Schulzeit, die selbstverständlich haltbar bleiben. Aber warum eine unerwünschte Nähe, ein Antasten, „Begratschen" von Menschen, deren Haarfarbe, deren Bewegungen, deren Grübchen im Kinn man ohnehin nicht verliert?

Trotzdem ging ich zum Klassentag. Meine politisch – psychologische Neugier trieb mich. Also auch Neugier.

Unsere Klasse hat 1937 das Abitur gemacht. Von neun Mädchen waren zwei nazifeindllch, zwei Halbjüdinnen – zwei begeisterte BDM-Mädel und die übrigen uninteressierte Mitläufer. Du studiertest damals in Beuron und hast nicht miterlebt, daß ich im zweiten Halbjahr der Oberprima plötzlich begann, die Nazis „objektiv" zu sehen, und „Mit objektiv fängt es immer an", sagt Bert Brecht. Ich verstand mich an Kleist und geistreichelte in dem Studentenkreis um den Staatsrechtler Carl Schmitt. Mit meinen rassegeschmähten Freundinnen debattierte ich über das „Positive" und entsinne mich dunkel zweier Schulaufsätze, die ich nicht mehr im Hellen lesen möchte. Dieser Nazibazillus, der nur zu leichtem Kopfschmerz und nicht zur Paralyse wurde, verließ mich bald wieder. Als Du zurückkamst, war ich schon längst über die Rekonvaleszenz hinaus. Habe ich mit Dir darüber gesprochen? Die Zeit für meinen „Fall" war nicht originell. Im Olympiadejahr, als das dritte Jahr neureich und relativ friedlich prangte, fielen sehr viele. Der Besuch von Sportlern aller Länder legitimierte. Es ist nicht ganz richtig, daß zu dem damaligen Zeitpunkt, zu dem die Partei sich ungeheuer vergrößerte, besondere Repressalien zum Eintritt ergingen. Es ist viel mehr so, daß damals von sich aus viele Nazis wurden. Sie wollten nicht länger „beiseite stehen". Die wirtschaftlichen Erfolge, die Beseitigung der Arbeitslosigkeit, wirkten. Dazu kam, daß man die Juden einigermaßen in Ruhe ließ, daß jüdische

Geschäfte blühten, daß der jüdische Kulturbund mit kulturellen Darbietungen aller Art in einem, ach, wie sehr fadenscheinigen! Zustand des Waffenstillstands arbeiten konnte. Erst der „Reichssplittertag" eröffnete den schmachvollen Feldzug neu.

Als wir uns 1938 zum Klassentag trafen, war eine der Halbjüdinnen nach Frankreich emigriert – die andere leistete mir noch Gesellschaft. Unsere kleine Antifagruppe wurde durch eine Kameradin, die bisher zu den Mitläufern gehört hatte, neu auf drei erhöht. Zum Ausgleich waren andere Mädchen recht wackere Nazissen geworden. Sie bemerkten selbst nicht, wie ganz sie in der Naziterminologie beheimatet waren. Wir stießen auf die arrogante Haltung derer, die „an der Macht" sind und daher ihr Recht nur in nachgekauten Aphorismen vertreten. (Gott bewahre uns vor solcher Arroganz, sollten wir noch einmal dazu kommen realiter „an der Macht" zu sein!)

Wenn Menschen aufhören, mit einer gewissen zögernden Ehrfurcht an Probleme heranzugehen, die in aller Menschen Leben wie scharfe Messer schneiden – dann faßt einer der Menschheit ganzer Jammer an!

Du mußt es Dir nicht so vorstellen, als hätte auch nur einer dieser Klassentage ausschließlich politischer Debatte gedient. Ein politisches Bild ergab sich aus Eingestreutem, aus herumgezeigten Photographien, aus den Büchern von denen gesprochen, aus denen, über die nicht gesprochen wurde. Daß keiner mehr den Namen unserer Kameradin Paula nannte, die sich aus Heimweh nach Deutschland in Haifa vom Dach gestürzt hatte – ihre beste Freundin kannte sie nicht mehr.

Ein sonderbarer Gleichmut lag wie frisch gefallener Opportunistenschnee auf den Seelen der lieblichen Gefährtinnen, die jung verheiratet oder verliebt waren oder etwas verrieten,

wenn sie, anscheinend unmotiviert, rot wurden. Nein,
Böswilligkeit, Schlechtigkeit hättest Du nicht gefunden. Es war
ihnen genug eingetrichtert worden, daß so und nicht anders der
„saubere, anständige" Mensch dachte!

Schön ist die Jugend in frohen Zeiten. Diese Jugend aber,
die sich vom Sog der Macht die innere Schönheit gleichmütig
rauben ließ – sie war deutsch, nicht schön.

Den ersten Klassentag im Kriege verließen Julia, Ille
und ich mit düsteren Gedanken, daß uns jede Lust an künftigen
Treffen verging. Denn jetzt hatten die Geister sich soweit
geschieden, daß die einen den Sieg glaubten und ersehnten –
die anderen bereits als „vaterlandslose Gesellen" ihre ganze
Hoffnung auf eine Niederlage der Nazis richteten und bei jeder
Sondermeldung – tatatata! – um Menschenwürde und Freiheit
zitterten! Es gab kaum noch Debatten. Mißtrauen. Es ging ja um
Leben und Blut. Auch bei diesen höheren Töchtern. Man konnte
sich um den Kopf reden. Wir trafen uns lange nicht mehr.

Der politische Naivling hatte angenommen, nach dem
Kriege müßten die Binden von den Augen der Nationalsozialisten
fallen – sie müßten vor dem überdeutlich aufgeschlagenen Buch
der Geschichte nur noch stammeln, Schuld stammeln. Es ist
mir nicht einmal begegnet, daß irgendeiner der alten Feinde
zu mir gesagt hätte: „Heute sehe ich ein, daß Sie recht hatten!"
Persönliches Pech? Vielleicht – Ich muß gestehen, kaum mehr
als eine Handvoll Nazis gekannt zu haben. Freundschaftlichen
Umgang pflegte ich mit keinem. Als die letzten jüdischen Freunde
und Freundinnen fort waren, gab es überhaupt kaum noch
Umgang für mich. Immer zurückgezogener lebte ich nach dem
Spruch „My home is my castle", und wer nicht mit mir London
hörte, wurde nicht ins Kastell gebeten. Meine Aussage über

die Reaktion der Nazis nach dem Zusammenbruch hat also keinen statistischen Wert. Für mich freilich hat sie den Unwert eines drückenden Erlebnisses. Es geht nicht um den Triumph der Rechthaberei. Zweifel an der Wandlungsfähigkeit vom Gift infizierter Menschen machen mutlos.

Zwei Jahre nach dem Waffenstillstand wanderte ich ohne Wunderglauben in die Konditorei.

Was ich mir vorher errechnet hatte, traf genau zu. Die BDM-Führerin und ärgste Antisemitin unserer Schule empfing mich mit einem gönnerhaften Lächeln und sah bezaubernd aus, gepflegt, gut ernährt, lebensvoll, charmant, jünger als sie ist. Es geht ihr glänzend – seit dem Zusammenbruch ist sie Dolmetscherin bei den Amerikanern. Sie liebt die Amerikaner nicht – sie glossiert sie. Sie reiht Anekdote an Anekdote und findet Applaus. Keine Frage, kein Gram, kein Erschrecken haben ihre Stirn mit einer Falte verunziert.

Die anderen Mädchen, die den Krieg gewinnen wollten, sind nicht so gut in Form. Darum sind sie auch giftiger aufgelegt und „greulen" über die Alliierten, spreche das Wort „Schuld" mit behandschuhter Ironie aus. Mich behandeln sie in der Art, wie wir seinerzeit die Nazis behandelten, freimütiger allerdings, lassen sie spüren, was sie von den Phantasten halten, die aus der Naziniederlage und von der jungen Demokratie noch etwas erhoffen. Von solchen Leuten halten sie – natürlich – nichts!

Die Sache mit den Konzentrationslagern ist selbstverständlich maßlos aufgebauscht worden – meist saßen Kriminelle in diesen Lagern – die Opfer des Faschismus sind ja auch entsprechend – sieh sie Dir doch bloß mal an, Helene. Dies OdF – jenes OdF – die Franzosen haben – die Amis haben – die Tommis haben – na, und die Russen erst!

Alle haben, nur die kleinen Frauen von noch nicht dreißig Jahren, die den markenfreien Schlagkrem löffeln – sie haben ein Gewissen, das funkelt wie der Tau in der Morgensonne!

Traurig, daß unser Antifa-Mädchen Nummer drei sich Ihnen zugesellt hat und von allen Illusionen – aber restlos, Helene, restlos! – geheilt ist.

Meine halbjüdische Freundin, der es glücklicher- und leider ausgefallenerweise gut geht, erweist sich als edel im Vergeben. Die BDM-Führerin sagt sich bei ihr zum Tee an. Julia trägt niemandem etwas nach und schlägt sich durch ihre anmutige Weichheit, ohne es zu bemerken, zu einem Lager, das sie fliehen müßte.

Welchen Parteien gehören sie an? Was haben sie gewählt? Zwei sind in der CDU, eine in der LDP, die anderen haben SPD gewählt. Ich habe mich im westlichen Café mit einem kompakten Westblöckchen getroffen.

Nein! „Gottes ist der Orient! Gottes ist der Occident!"

Wen repräsentiert unsere Schulklasse? Ist sie typisch? Einmaliges und Typisches sind immer verschmolzen. Jedenfalls handelt es sich um Töchter gutbürgerlicher Familien des Berliner Westens. Dem größten Teil ergeht es heute schlechter als früher. Aber in Beruf, Benehmen, Kleidung lassen sie sich anschauen wie einst. Geistig, ethisch durchqueren sie nach wie vor das seichte Wattenmeer bürgerlicher Anschauungen. „Anständig" sind sie, und die Maße ihrer Anständigkeit entnehmen sie, Heideggersch ausgedrückt, einem „man", das dünnblütig und zäh reaktionäre Vorurteile hütet.

Es gab eine Zeit in Deutschland, sie dauerte zwölf Jahre, da war es guter Ton bürgerlicher Gesellschaft, die „Härten" des Naziregimes zu kritisieren, zu bedauern, und im übrigen gut zu verdienen und mitzumachen. Mit dem Lesen stiller, innerlicher Literatur (Hamsun, Weinheber, Carossa) staubte man die blutbesudelte Seele ab. Man hoffte auf den Sieg – Wir schwammen ja alle in einem Boot, nicht wahr? – manche glaubten, die Nazis gingen nach dem Siege und eine mildere Rechtsregierung schwänge dann das Zepter über Weltgermanien.

Heute ist es gutbürgerlicher Ton, sich den „westlichen Kulturen" verbunden zu fühlen, vor allem dem Christentum.

„Wir" sind Emporkömmlinge und stellen nichts vor. Wie seinerzeit die Nazis. Wir helfen beim „Zwiebeln", und wir haben Holzköpfe. Wer seinen Kopf nicht im Konzentrationslager verloren hat, ließ ihn sich abschlagen und ersetzte ihn durch einen modischen Holzkopf – zum Zwecke, eine Anstellung beim Magistrat oder eine einflußreiche Stellung beim Kulturbund zu ergattern.

Hättest Du beim Klassentag mit uns den rosa Schlagkrem gelöffelt, Du hättest es begriffen!

Die Umerziehungschance „Brot und Spiele", diesmal zum Ziel einer weltumspannenden Solidarität und Humanität, ist uns nicht gegeben. Demontage, Hunger, Uneinigkeit der Alliierten sind unsere Wunden und Empfindlichkeiten. Aus taktischen Gründen, aus gerechtem Zorn, Widersprechen wir Tatsachen, die wir in uns – mit Scham und Schauern – zugestehen müssen. Als Materialisten, die den Wert der „Stulle" als Voraussetzung jeder wirtschaftlichen, ethischen, kulturellen Wertbildung erkannt haben, sehen wir genau, was sich anbahnt.

Die arme Stiefmutter, der die Kinder auf der Nase herumtanzen, muß zum Stiefvater laufen und ihn bitten: gib Brot, Kleidung, Arbeit! Nimm keine Möglichkeit zur Arbeit mehr fort! Die Kinder werden mit jedem Tag schlechter! Sie stehlen, sie werden alle miteinander zu Verbrechern werden, wenn du nicht sorgst! Hilf mir doch, die Kinder zu erziehen! Ich kann die Schlüssel nicht mehr gebrauchen – alle Schlösser im Hause sind entzwei! Aber die arme Stiefmutter ist unglücklich verheiratet. Sie hat kein Recht zu fordernder Kritik. Ihr eigenes, wissendes Herz kann sie nicht legitimieren.

Ich sorge mich darum, daß ich Dir vielleicht alle Zuversicht zu einer Rückkehr nach Deutschland verderbe. Ich wünschte sehr, Du kämst zurück! Es fehlt an Köpfen, es fehlt an Menschen, die etwas zu sagen haben! Man wünscht sich fähigere Freunde, fähigere Gegner. Und Menschen, Menschen, Menschen! Jeder Emigrant, der nach Hause kommt, rückt allein durch sein Wiederdasein eine Schiefheit zurecht.

Helene

– – – – – –

Siebenter Brief

Lieber H a n s !

Wer wie ich nur darauf bedacht ist, den Nazismus zu
bekriegen, führt für sich und andere alles und jedes an, was
dazu dienen kann, unsere Zusammenarbeit mit den Alliierten
im friedlichen Geiste des Fortschritts zu fördern. Ich bin doch
keiner von denen:

> „Wenn wir jetzt hungern Ende der Dekade, ist nicht der
> Adolf, ist der Russe Schuld! Schickt England unsern
> Kindern Schokolade, kauft es noch längst nicht unsre
> stolze Huld! Die Politik – ich habe sie gefressen, seit
> ‚die‘ Partei mich lockend zu sich zwang. Demokratie
> kann man ja doch nicht essen! Ich bin das Nazi-
> Ressentiment!“

Du meinst, ich hätte im letzten Absatz meines vorigen
Briefes übersehen, daß Engländer und Amerikaner hohe Steuern
zahlen, damit wir nicht hungern.

Der Sozialist, der den Kapitalismus verdammt,
braucht auch nicht zu vergessen, daß es im Rahmen dieser
Wirtschaftsunordnung Wohltätigkeitsvereine gibt, die Gutes tun,
daß es opferfreudige Menschen gibt, die für sich entsagen, um
anderen zu helfen. Aber das sind Tropfen auf den heißen Stein.
Es handelt sich um die Forderung nach einer Umgestaltung des
gesamten Wirtschaftslebens.

Heute geht es darum, daß Deutschland aus dem Zustand
erlöst werden muß, Almosen zu empfangen.

Du kannst einem Handwerker nicht Werkzeug und Material fortnehmen und ihm dann vorwerfen, daß er seine Familie nicht anständig ernährt!

Die Almosen reichen nicht. Habe ich Dir schon geschrieben, daß ich Lehrerin an einer Volksschule im Norden Berlins bin? Ich habe während der Nazizeit mein Studium nicht abgeschlossen, um nicht in die Falle zu geraten, Kinder nazistisch erziehen zu müssen. Statt dessen wurde ich Hilfsschwester beim Roten Kreuz in Berlin. Was ich jetzt an Kinderelend sehe, ist unbeschreiblich! Nein, die Almosen reichen nicht! Ich kann die Kinder zählen, die winterfestes Schuhwerk haben! Die Fälle von Tuberkulose mehren sich grauenhaft! Untergewicht ist eine Selbstverständlichkeit geworden. Blutarmut, Wachstumsstörungen, schlechte Zähne, Rachitis sind die Ausrüstung für eine künftige Generation. Ich will mich nicht darüber verbreiten. Es ist zuviel, das täglich anzuschauen, zu schwer, noch darüber zu sprechen.

Dann soll ich Dir endlich erklären, wieso ich politisch durchdrungene Person nicht mehr Mitglied einer Partei bin. Politisch durchdrungen – das ist gar nicht so verkehrt! Aber das Wort darf nicht so aufgefaßt werden, als habe mich ein vorübergehendes Interesse ergriffen und mich vom Wege meines „eigentlichen Seins" abgedrängt. Ich bin nämlich – unheilbar politisiert.

Die unvergessene Welt der Dichtung, der Musik, der Philosophie ist für mich keine andere Seite, sondern sie umschließt die Politik oder schließt sich ihr in schwimmenden Grenzen an. Ich verstehe überhaupt nicht, warum immer alles abgegrenzt werden muß, inwiefern es den „Amtsmenschen" gibt und den „Privatmenschen", den Politiker oder den Ästheten oder

den Ethiker. Wie ich Dir eingangs sagte, ich glaube im ersten
Brief, ich bin so weit politisch, daß ich kaum Privatbriefe zu
schreiben imstande bin. Was ich Dir schreibe, sind die Dinge,
die mich am nächsten angehen.

Ich bin in keiner Partei – denn: „Proletarier aller
Länder vereinigt euch!" hören wir nicht von der sozialistischen
Einheitspartei. Von ihr hören wir einen monotonen Lob- und
Preisgesang auf Rußland, und manches SED-Mitglied sieht
den Gipfel seiner politischen Wirksamkeit darin, zu imitieren,
wie man sich russisch räuspert und spuckt. Der deutsche
Proletarier – also praktisch ziemlich alle Deutschen heutzutage
– steht nicht gleichberechtigt neben dem Sowjetmenschen. Er
hat zu empfangen, was ihm gut ist. Sei es ihm immer gut – eine
Voraussetzung zur klassenlosen Gesellschaft ist die Konstellation
von Herrschern und Hörigen gewiß nicht.

Die materialistische Geschichtsauffassung dürfte eine
deutsche Gesamtschuld nicht anerkennen. Der vom Kapitalismus
in den Krieg getriebene Genosse müßte zum Bewußtsein der
Zusammenhänge geführt werden. Er müßte daraufhin geschult
werden, nicht nur in Deutschland gefährliches Kriegsdynamit zu
sehen, sondern allüberall in der Welt, wo arbeitende Menschen
für ihr Lebens- und Friedensrecht nicht streiken dürfen.

Soweit der politische Naivling – er ist sich seiner Torheit
voll bewußt. Sowjetrußland tritt uns nicht als Staat gewordener
Marxismus gegenüber, es tritt uns als eine Macht gegenüber,
die uns besiegt hat, nachdem sie durch uns soviel Gut und
Blut verloren hat, daß sie – rein ökonomisch – jetzt gar nicht
anders kann als demontieren und „ausbeuten". Rußland ist
nicht Amerika, Rußland ist arm. Kein Sowjetbürger würde es
verstehen, ließen sie Deutschland ungeschoren. Die Deutschen

hätten nach einem Sieg ihrer Nazis Schweiß und Blut aus den anderen Völkern herausgeschlagen, was nicht erst bewiesen zu werden braucht.

Doch liegen in der augenblicklichen Situation Wirklichkeit und Wirksamkeit der marxistischen Ideologie in einem Widerspruch, den auch tiefstes Beugen nicht überbrücken kann.

Die sozialistische Einheitspartei, die ohne Einigkeit einte, dient einem weltumspannenden Sozialismus sehr ungenügend, wenigstens in ihren täglichen Praktiken, die oft mehr korrupt als marxistisch sind.

Dennoch – und dieses Dennoch schränkt das Vorhergesagte nicht ein – dennoch – und dieses Dennoch bewerte bitte sehr hoch – in den Radien, die die sozialistische Einheitspartei ausstrahlt, können w i r leben; Wir, die in allen anderen Parteien gerade nur geduldet, ach, nicht einmal das sind. Ich sehe ein, daß ich Dir diese Behauptung erklären muß. Ich will es an einem Beispiel versuchen. Sieh uns alle, die wir vor 1933 zur sozialistischen Jugend gehörten, wie eine Henne an, die – damals – ein Ei gelegt hat. Ein hübsches, weißes, wohlgepflegtes Ei. Liebevoll brütete sie es aus, und ein reizendes Küken kroch hervor. 1933 war es schon so groß, daß es sich vor den Nazis erretten konnte. Es schwamm davon. Es schwamm nach Rußland.

Die Henne stand am Ufer und schlug mit den Flügeln – zwölf Jahre lang schlug sie mit den Flügeln und durfte nicht nach ihrem Küken gackern. 1945 kam das Küken zurück, war mittlerweile auch zu einer großen Henne geworden.

Vor lauter Gegacker, Wiedersehensfreude, Mutterglück sah die alte Henne ihr Kind gar nicht richtig an, sondern gackerte freudig weiter. Gemeinsam pickten sie auf dem Hof herum und schnatterten zärtliche Liebesworte. – Sehr viele sind damals spontan bewegt in die KPD eingetreten. Von ihnen sind ebenfalls sehr viele bereits wieder ausgetreten. – Nun, man wird ruhiger. Die Mutterhenne besah sich, was aus dem Küken geworden war. Es glich eigentlich gar nicht so recht ihrer Vorstellung. Es hatte zum Teil greuliche Federn, hatte ein Benehmen, das zum mindesten fremdländisch war – statt zierlicher Kükenfüßchen hatte es riesengroße, böse Trapser, mit denen es Blumen zertrat und behauptete, es täte ganz recht daran! Ein Vers von Heine fällt mir dazu ein:

> „Schwesterchen rief dazwischen:
> Das Hündchen, sanft und klein,
> ist groß und toll geworden,
> und ward ertränkt im Rhein."

Das ist gewiß schmerzlich. Aber dann singt Heine weiter:

> „Die Kleine gleicht der Geliebten,
> besonders, wenn sie lacht;
> sie hat dieselben Augen,
> die mich so elend gemacht."

Und die zurückgekehrte Henne glich auch in vielem noch dem geliebten Küken, hatte etwas an sich von der alten Sehnsucht, trug zum wenigsten wieder die Möglichkeit in sich, ein so reizendes Ei zu legen, wie es eben sonst nirgendwo gelegt wird. Für uns. Ich spreche ja von uns. Ich spreche nicht von Bürgern und Konventionalsozialisten christlicher Prägung.

Und immer wieder fühlt man sich zu Hause. Zum Beispiel im Kulturbund, der zu Unrecht unentwegt angegriffen

wird. Was wollen sie eigentlich? Im Kulturbund war es möglich,
daß Heinz Ullstein im Rahmen eines Vortrages den Marxismus
ablehnte! Im Kulturbund war es nicht ausgeschlossen, daß der
Konvertit Alfred Döblin den Marxismus für eine abgestandene
Suppe erklärte und seine Rede mit den Worten schloß:
„Demütigt euch. Betet!" Der Kulturbundpräsident Johannes R.
Becher hat uns wie kein anderer würdig im westlichen Ausland
vertreten. Dort, im Kulturbund, gibt es eine Anerkennung der
deutschen Schuld! Der Kulturbund bekämpft den Faschismus,
und wir, denen er immer noch nicht uninteressant ist, hören
gern zu. Es spricht für den Kulturbund, daß auch er in seinen
Reihen Künstler kennt, die alles andere als Marxisten sind. Es
spricht nicht gegen ihn, daß Marxisten führend sind. Warum
sollen wir nicht auch einmal den Hausherrn machen dürfen!
Noch eines: die antifaschistischen Dichter, die nicht zu denen
gehören, die vor Leisetreten kaum noch vernehmbar sind,
die vor Innerlichkeit das Leben selbst negieren, sie finden
ja überhaupt nur Raum in der sogenannten SED-Presse. Die
bürgerliche Presse richtet sich weitgehend nach dem Geschmack
des Publikums, das mehr oder weniger geistvoll verkleidete
Anekdoten des Ressentiments dem Schmerzensschrei deutschen
Schicksals vorzieht!

Warum ich nicht in die SED eintreten kann, anderseits
auf gar keinen Fall in eine Partei, die gegen die SED ist? Ich
kann nicht eintreten, weil Fehler und Enttäuschungen mich dort
mehr martern als irgendwo anders. Aber die ganze Sehnsucht
meiner Jugend, die ich heut noch voll bejahe, umarmt die SED
mit einem sehr zärtlichen Kummer. Ob ihr diese Umarmung
zusagt, kann ich Dir nicht verraten. Vielleicht findet sie meine
traurige Liebe bösartiger als klaren Haß.

Ich kann nicht gegen diese Partei sein, weil ich damit gegen „uns" wäre und mich einem Block verschreiben würde, gegen den ich wie gegen alle Blocks Haß und Mißtrauen verspüre. Ich bin nicht für „Achsen". Darum habe ich die Niederlage nicht gewünscht, um mich jetzt einer „Achse" zu verschreiben. Um der Menschheit willen habe ich die Nazi-Niederlage und unseren Sieg gewünscht!

Ich war solange tätiges Mitglied der Sozialdemokratischen Partei, als ich sie für eine sozialistische Partei hielt. Ich glaubte, in den Berliner Oktoberwahlen 1946 handele es sich allein darum, Rückgrat und Unabhängigkeit zu bewahren, um dann, nach dem Wahlsieg, desto intensiver auf sozialistischer, d.h. auch russenfreundlicher, Front gemeinsam zu arbeiten.

Die freiwillige Verschmelzung zu einer sozialistischen Partei war – Du hast an manchen Debatten darüber teilgenommen und wirst Dich entsinnen – unser aller Traum! Jetzt schrecke ich vor den neuen Mitläufern zurück, diesen traurigen Figuren, von denen ich fürchten muß, daß die Verschmelzung sie unter Hammer und Sichel gestellt hat. – SPD? Die Sozialdemokratische Partei fischt im Trüben, ködert mit den Würmern einer russenfeindlichen Propaganda den Ressentiment-Deutschen. Weil die Russen sich so benahmen – darum wählte man SPD! Eine gewollte oder unbeabsichtigte Verleumdung? Nein. Diesmal hat meine Aussage einen gewissen statistischen Wert. Ich habe Lehrer, Kaufleute, Handwerker, Arbeiter, Künstler, Ärzte, Sekretärinnen, Verkäuferinnen, Schieber und Halbweltdamen gefragt: die Antwort war nicht, weil dies die wahre sozialistische Partei sei. Nein – sie wählten gegen die Russen!

Werden es die Menschen niemals erlernen, zwischen dem gesteckten Ziel und der menschlichen Schwäche zu unterscheiden? Die Eigenschaften der Völker sind so wichtig nicht. Sonst könnte man am deutschen Volk verzweifeln.

Außerdem dürfte es den Deutschen klar sein, daß sie gar kein Recht dazu haben, keinerlei Legitimation, gegen die Russen zu sein. Sie haben auch nicht gegen die Amerikaner zu sein, gegen die Franzosen oder gegen die Engländer.

Sie sollten endlich ihre Rolle lernen, anstatt wie ein fauler Schauspieler zu radebrechen und das Genick zum Souffleurkasten zu verdrehen.

Was sie aus dem Souffleurkasten vernehmen wollen, ist traurig genug! Sie wollen hören, ob sie „richtig liegen". „Ja, so weit sind wir schon wieder!", das würdest Du oft und seufzend aus unseren Kreisen hören, wenn Du nach Berlin kämst.

Der Mensch, der seine politische Schuld, sein Versagen, ganz begriffen hat, muß heute bereit sein, für seine Meinung einzustehen, nach bestem Gewissen.

„Richtig liegen?" Dieser moralische Unterweltsbegriff ist eines der Gräber der Demokratie.

In Deutschland legt man sich also erst einmal hin. Und liegt man „richtig", dann wird man arrogant und bedient sich skrupellos aller Praktiken, die das unzüchtige Bett der Gesinnungslumperei zuläßt. So war es in den vergangenen zwölf Jahren. Der Deutsche legte sich richtig, er schaltete sich gleich, und dann ging es los mit „Erlaubt ist, was gefällt."

Heute ist es nicht einfach, das Bette zu finden. Die Rechnung von der vorangegangenen falschen Lage ist noch nicht bezahlt – und sie wird auch mit neuem Liegen nicht bezahlt werden!

H e l e n e

BERLINER
BRIEFE

– – – – – –

Achter Brief

Lieber H a n s !

Einige Wochen habe ich vergehen lassen, weil ich auf
Deine Antwort wartete, und gerade diesmal auf eine recht
polemische. Denn ich glaube kaum, daß Du, der die Tragik
äußerer Heimatlosigkeit erlebst, die Sehnsucht, nein, ein zu
dünnes Wort, den inneren Amoklauf derer, die politisch ohne
Heimat sind, begreifen kannst.

Neulich war, nur wenige Meter von meiner Wohnung,
eine Massenversammlung der SED. Riesengroße rote Fahnen
wehten, mit verschlungenen Händen in der Mitte. Ich ging
hin und kaufte mir ein paar von den Broschüren, die immer
überall liegen und meist liegenbleiben. Eine über Dachau,
eine von Lenin. Sie interessierten mich gar nicht. Ich kenne
das – und das andere auch. Aber ich wollte nicht, daß sie
immer liegenbleiben. Ich sah die große Menschenmenge,
diese Berliner Bevölkerung, die ich liebe, deren Sprache ich
liebe – über ihnen die verschlungenen Hände. Ich ging weiter.
Daß man das nicht überwindet! Beinahe ist es wie eine alte,
unvergeßliche Liebe. Die Erinnerung an bestimmtes Wetter im
Februar, an eine Omnibushaltestelle am Preußenpark. Dann
hat Liebe immer etwas mit Februar, mit dem kaltfeinen Regen
und der Omnibushaltestelle am Preußenpark zu tun. Ist es –
politisch – gerade so? Doch wohl nicht ganz. Denn jenes Ei, das
die Henne gelegt hat, war des Legens wert, die reellen Ideale
unserer Jugend sind die rechten! Farben, bestimmte Lieder und
Erinnerungen vertiefen dies Wissen nur.

Heute, von dem Untergrund der Not und Zerrissenheit, heben sie sich noch klarer, noch fordernder ab. Aber das rechte Ausdrucksmittel zu finden, ist schwer, wird schwer gemacht.

Vor einigen Tagen las ich einen Angriff auf einen Journalisten, den ich schätze. Seine Gesinnungen wurden nicht gedeutet, nicht widerlegt, nur begeifert. Und die Pointe war, daß er ein Lump sei und sich von einer alliierten Macht für Lebensmittel und Zigaretten habe kaufen lassen. Ja, so weit sind wir schon wieder! Viele Deutsche zerfetzen einander auf diese Weise, es ist eines der übelsten Mittel im politischen Streit, daß sie einander die grünbräunliche Winterkartoffel nicht gönnen und mit dem Messer der Scheelsucht dazwischen schneiden – was sich nach Knigge nicht gehört.

Wir fahren wieder einmal alle in einem Boot – und in diesem Boot – sind die Vorräte außerordentlich knapp bemessen. Es hat jeder seine unliebe Last, durchzukommen. Und jeder ist zu Handlungen versucht, die ihm früher nicht ohne weiteres über die weiße Manschette gekommen wären. Aber dieses Gemeinsame zeitigt nicht etwa Solidarität, sondern eine Unflätigkeit in der gegenseitigen Beurteilung, über die man versucht ist, wie ein armer Köter zu jaulen, laut und jämmerlich. Gehört einer der SED an, dann handelt es sich um Russenpakete. Greift einer die SED an, dann ist er von Care-Paketen übermütig geworden und wirft sein kalorisches Gehirn nach neuer Care-Paket-Seite. Es ist ganz aus der Mode gekommen, etwa einem Journalisten zuzubilligen, daß er seine Überzeugung aufs Papier breitet, daß sein Verstand, sein Herz zu uns sprechen. „Wem zu dienen?" fragt der Gegner. „Was bekommt er dafür? – Was will er dafür?" Solche Anwürfe, in Zeitungen unsäuberlich ausgedrückt, sind nicht dazu angetan, der Demokratie zu trauen. Sie erinnern traurig an jene Machenschaften der Nazis, die ihre Feinde diskriminierten, indem sie ihnen materielle Unsauberkeiten in die Schuhe schoben und sie damit im Herzen des Volkes aus den Pantinen kippen wollten. Glaub mir, in manchen Fällen, die ich jetzt las und hörte, war ich versucht, den betreffenden Bauchkritikern etwas anzuwünschen, was ins Gebiet sträflicher Handgreiflichkeiten gehört! Kenne Du einen Menschen, der wirklich in den vergangenen Jahren seinen Mann gestanden hat, der heute ehrlich Klärung sucht – und dann stopfen ihm die Genossen vom anderen Verein fetttriefende Servietten vor den Mund! Türen, die er öffnen will, schlagen sie ihm zu! Fragen, die nach Antwort rufen, verwandeln sie ihm in gezuckerte Grütze und waten darin herum!

Spürt man den Motiven nach, die heutzutage unterschoben werden, dann sind wir ein Volk von Zuhältern und Huren. Wir sind noch nicht tief genug gesunken. Wir müssen uns gegenseitig in den Kot stoßen.

Auch wenn ich von einem Redakteur weiß, daß er mittags ein anständiges Essen zusätzlich erhält, habe ich noch längst keinen Grund anzunehmen, daß er „dafür" seine Gesinnung verkauft habe! Auch wenn ich von einem Parteigenossen weiß, daß er durch seine Partei in ein Amt gesetzt wurde, habe ich nicht Ursache, ihn der Käuflichkeit zu bezichtigen. Auch wenn ich Ingeborg die Zigaretten ihres boyfriends rauchen sehe, habe ich mich nicht zu unterstehen, zu glauben, daß sie „dafür" liebe.

Es hat überhaupt kein Mensch das Recht, in die Charakterkarten anderer Leute den Kohlenbart des Schwarzen Peter zu schmieren, handele es sich um Pieck oder um Külz, um coeur oder um Haß!

O wie traurig hängeschultrig wirkt der arme Mensch, der sich des Vorwurfs, käuflich zu sein, erwehren muß! Wie häßlich für das deutsche junge Mädchen, das sich in einen Amerikaner verliebt hat, von aller Welt als Dirne angesehen zu werden!

Dabei: „Daß Suleika von Jussuph entzückt war, ist keine Kunst – Er war jung, Jugend hat Gunst. – Er war schön, sie sagen zum Entzücken –" usw.

Welch ohnmächtiger Zorn muß den Sozialisten befallen, der der Menschheit dienen will und als Bratenjäger beschimpft wird! Die Verteidigung ist besonders schwer, weil heutzutage ein Pfund Mehl eine Bedeutung hat, die dem realen Wert nicht entspricht. Die Verteidigung ist schwer, weil sie auf das Widerstandsgrinsen derjenigen stößt, die wissen „wie der Hase läuft". Die Verteidigung ist schwer, weil sich kaum einer leisten kann, eine Gabe, die ihm angeboten wird, zurückzuweisen. (Ne nos inducas in tentationem!)

Man hat hierzulande jeden Maßstab und jede Klarheit in bezug auf die lebensnotwendigen Dinge verloren. Da stellt sich das arme, deutsche Männlein vor den grünen Hügel schwarz gekaufter Erbsen – daß es nur ja keiner sieht! – und hält dabei eine hektische Rede über seinen Idealismus!

Wozu aber Idealismus? Und was haben die grünen Erbsen damit zu tun, ob wir einen anständigen oder schmierigen Kerl vor uns haben? Die Nahrung, die sie also moralisch belasten, muß den wirren Menschen schwer im Magen liegen!

Von jeher war des Menschen Gesundheit und Arbeitskraft an bestimmte normale Bedingungen geknüpft. Noch niemals hat es auf der Welt irgendeinen hohen Wert gegeben, der nicht an Güterwerte geknüpft war, oder dem nicht Güterwerte zugeordnet sind. (Du hast ganz recht – ich habe Nicolai Hartmann gehört!)

Aus Zuordnung, Nebenordnung, Unterordnung eine riesenhafte Überordnung zu machen, das ist das aktuelle Trugdenken. Dieses trugschlüssige Denken ist es, dem man sich so schwer entziehen kann, gegen das man sich kaum verteidigen kann.

Nein – es wird nicht von Luft gelebt! Ja wohl, der Redakteur der russischen „Täglichen Rundschau" erhält zu essen und der Redakteur der amerikanischen „Neuen Zeitung" ebenfalls. Leib und Seele müssen zusammengehalten werden – und wer es irgend auf normale Weise nicht schafft, sein Leben zu fristen, verhungert oder bekümmert sich aktiv und passiv mit dem Schwarzen Markt.

Wobei dieser umfassenden und vielfältigen Angelegenheit Mensch sehr viel Raum bleibt, ein – Mensch zu sein, ein liebender, hassender, glaubender Mensch, der sich nicht weg gibt und sich nichts vergibt, wenn er „hart im Nehmen" ist und sich dabei selbst treu bleibt.

Wie es in Ordnung ist, wenn ein Ehemann oder Liebhaber einen Ausgleich zwischen seiner wirtschaftlich stärkeren Position und der schwächeren der Frau schafft – wie es in Ordnung ist, wenn eine Frau den Mann ihrer Neigung füttert und pflegt – genau so ist es in Ordnung, wenn Alliierte oder Parteien oder Verbände für ihre Leute materiell sorgen. Was zueinandergehört hat sich als Ausdruck der Zusammengehörigkeit zu helfen, Mangel und Not entgegenzuwirken.

Wenn der kommunistische Schmidt von der „Täglichen Rundschau" mit dem liberalistisch demokratischen Schulz von der „Neuen Zeitung" die Plätze tauschen würde, dann könnte von Käuflichkeit gesprochen werden – falls der Tausch wegen ein paar Kalorien vollzogen wird! Wenn Hertha ihrem britischen Fredy aufsagte, weil ein reicherer amerikanischer Junge, der ihr nicht so lieb ist, mehr zu bieten hat – dann könnte von Käuflichkeit gesprochen werden! Aber solche Dinge weiß niemand mit Gewißheit außer den Beteiligten. Und sie schweigen besser darüber und regeln ihre Geschäfte möglichst anständig.

Wer sich aber um das materielle Geschick ideologisch naher oder menschlich naher Personen nicht bekümmert, ist nicht idealistisch, sondern liederlich und bedenklich. Wem materielle Dinge gar zu leicht peinlich sind, ist selbst eine peinliche Angelegenheit.

Es wäre hübsch, die deutsche Presse und nicht nur sie einigte sich darauf, alle Messer-und-Gabel-Polemik ruhen zu lassen. Es wäre gut, ein jeglicher kehrte vor seinem Magen. Es gibt hübsche Sprüche in der Bibel: „Nicht, was in den Mund hereingeht, sondern, was aus dem Mund herauskommt, macht den Menschen unrein!"

                                        H e l e n e

BERLINER
BRIEFE

– – – – –

Neunter Brief

Lieber H a n s !

Sehr schade, daß Dein Brief verlorengegangen ist! Und welche Einschätzung – vernimm Undank! – daß Du ganz froh bist, denn Deine Einwendungen hätten mich vielleicht aus dem Konzept gebracht. Dabei habe ich gar kein Konzept und keine Angst vor Einwendungen. Ich gebe, trotz aller Ausrufungszeichen, keine Doktrin von mir und will mich gern korrigieren lassen, falls ich die Korrektur verstehen und einsehen kann.

Du schreibst, warum ich nicht doch in der SPD geblieben wäre, vielleicht hätte ich das Ei oder das niedliche Küken der SED entreißen können. Das glaubte ich ja auch anfangs! Ich nahm selbstverständlich an, daß die SPD aus den alten Fehlern gelernt habe – Fehler, die Hitlers Machterschleichung wie nichts anderes gegeißelt hat –, ich glaubte nicht, in jener Partei zu sein, die 1918 mit Hilfe der „Noske-Hunde" die Revolution zerschlug, die später Hindenburg als Kandidaten aufstellte und Geld für Panzerkreuzer bewilligte, die nicht vermochte, das deutsche Schulwesen aus den Klauen der Reaktion zu retten!

Der Schrei nach „Ruhe und Ordnung" pflegt in Deutschland mit elementarer Gewalt hervorzubrechen, wenn die erste revolutionäre Stecknadel in die Perserbrücke der Tradition sticht. Die „braven Jungen" der Reaktion sind jederzeit bereit, zuzuschlagen, und es war eine verräterische Handlung, sie gegen die Genossen zu senden. Gegen den Massenmord hat man in Deutschland nichts einzuwenden. Er muß nur säuberlich von oben organisiert werden!

Es ist bedauerlich und läßt sich nicht vermeiden, daß in einer Umformung Härten, ja Ungerechtigkeiten vorkommen. Wenn die Nazis in Ihrer humanitätsfeindlichen, imperialistischen Methodik den Satz brauchten: „Wo gehobelt wird, fallen Späne" – wer, der zu uns gehört, hätte sich nicht empört! Man zerreißt sich heute den Mund über Verhaftungen. Wenn Du aber zuhörst und siehst, wie die Nazis ihre Giftpropaganda ausstreuen, Du würdest mir recht geben: es sind viel zu wenig dieser Nazis verhaftet worden! Es ist nicht dafür gesorgt worden, der Demokratie auch nur den Raum zu freiem Atem zu schaffen!

Meine Sätze stehen im Widerspruch dazu, daß ich anfangs ausführte, wie mich das sichtbare Elend der Bevölkerung auf den Mund schlägt. Ja, da ist ein Widerspruch! Ich kann ihn nicht einmal lösen. Sehr vieles kann ich nicht lösen. Ich kann mir nicht damit helfen, von einer falschen Richtung in die nächste falsche Richtung zu rennen, in der Meinung und Beruhigung, sie könnte, wenn ich dazu käme, ein wenig weniger falsch werden.

Neulich führte ich eine Unterhaltung mit einem Sozialdemokraten. Er war nach dem vorigen Weltkrieg Freikorpskämpfer, später Nazi, trat 1930 aus der Nazipartei aus und wurde bewußter Antifaschist, der sich auch in den vergangenen Jahren als solcher bewährte. Ein Mann mit Gewissen und humanen Idealen, politisch versiert und doch völlig verkettet in dem circulus vitiosus politischen Getriebes. Heute, angesichts der Maßnahmen, die die Alliierten an uns getroffen haben, versteht er sich wieder ausgezeichnet, daß er dazumal als junger Mensch Nazi und Freikorpskämpfer wurde. Darum ist er heute Anhänger Schumachers und steigert sich bis zu dem Satz: „Ostpreußen ist einen Krieg wert!" Er erklärt zwar dazu, daß er Ostpreußen als pars pro toto nenne – aber was hilft das? Er schlägt, wenn auch vorsichtiger, die gleiche Richtung ein, die er schon einmal als verderblich erkannte und verließ. Er, der den Nazis aus ganzem Herzen die Niederlage wünschte und damit sich und ganz Deutschland Notzeiten – um der Menschlichkeit willen –, kann jetzt die Konsequenzen um der Menschlichkeit willen nicht ertragen! Er ist der Typ des Schaukelpferddeutschen, der heute wieder summt: „Deutschland. Deutschland über alles!"

Die Zukunftsvision ist erschreckend: die Rehabilitierungssucht jener Schaukelpferddeutschen vermählt sich mit den Nazis, die eine übermäßige Loyalität wirkfrei gelassen hat. Die „braven Jungen" werden versuchen der Demokratie das Rückgrat zu zertrümmern.

Eines Tages steht vielleicht wieder einer auf, schafft Ordnung, eine Ordnung im Hader der Parteien, die mit dem endgültigen Untergang Europas besiegelt wird.

Schade, daß die SED – Wie müßte sie beschaffen sein, könnte man mit ihr konform gehen?

Erst einmal müßte sie sich viel radikaler darum bemühen, der arbeitenden Bevölkerung zu helfen.

Es ist traurig, lieber Freund, was den Alliierten alles in die Schuhe geschoben wird! Es ist traurig, was die deutsche Wirtschaft mit den ärmlichen Resten ihrer Güter beginnt! Ich sehe mir oft die Geschäfte an, sehe die hohen Preise für wertlosen Plunder und denke an den geringen Lohn, den der Arbeiter nach Hause bringt!

Laß uns miteinander die Auslagen der Geschäfte bewundern! Es ist freilich aller Bewunderung wert, welche Hochflut an Bijouterien, an Lappenpuppen, an minderwertigem Spielzeug, an bemalten und unbemalten Lampenschirmen, an Fläschchen, Fläschchen, Fläschchen, Fläschchen Du sehen wirst!

Die nützlichen, notwendigen Gegenstände sind außerordentlich selten. Es gibt reizende Auslagen in den Textilgeschäften – kleine Schilder: „Wir fertigen aus Ihrem Material". Wo soll das Material herkommen, in einer Bevölkerungsschicht, die früher bereits über keine wohlgefüllten Truhen verfügte! Neuerdings gibt es Textilien gegen Lumpenabgabe. Aber Rückwanderer und Ausgebombte besitzen keine Lumpen. Und sie sind die Bedürftigsten. Laßt uns hoffen, daß wenigstens diese Lumpen dazu Verwendung finden, später die abgerissene Bevölkerung einzukleiden!

Manchmal hat man das Gefühl, es hätten sich die kapitalkräftigen aufbaufreudigen Leute in dem heißen Willen, zu verdienen, gefunden! Daher verwenden sie nicht die Materialreste, die kläglich genug sind, für möglichst nützliche Dinge – sie verwenden sie zu talmi-kunstgewerblichen Gegenständen, weil das mehr einbringt. Während die pharmazeutische Industrie mit ihren festgesetzten Preisen an Fläschchenmangel leidet, quellen die Geschäfte von Parfums, Tinkturen, Aromen über. Zum großen Teil handelt es sich um minderwertiges Zeug. Und mögen diese Flüssigkeiten auch manchen Zwecken dienlich sein – zum Beispiel die Aromen unseren Pams- und Mehlsuppen –, das Flüssige fließt über – es herrscht Überfluß daran. Wir haben nicht genug Arbeitskräfte – es ist Raubbau, sie falsch einzusetzen.

Ich werfe der SED vor, daß sie nicht planmäßig, nicht hart genug vorgegangen ist, daß sie nicht, wo sich etwas Neues auftat, betrachtete, was sich auftat. Und lenkte. Ich spreche nur von den Berliner Verhältnissen, die ich kenne.

Schieber haben Luxusgeschäfte und Luxusrestaurants gegründet. Zahllose Antiquitätengeschäfte haben den Ausverkauf des deutschen Volkes in ihre samtweichen Pfötchen genommen! Denn wer nicht schiebt, muß verkaufen, verkauft ein Stück nach dem anderen, um sich arbeitsfähig zu halten.

Man komme mir nicht damit, daß Luxusgeschäfte und breit verglaste Fronten „schön" seien, angenehm und erholsam fürs Auge in unserer Trümmerwelt. Das Leben einer reichen, aristokratischen Gesellschaftsschicht, in der nichts getan wird, als Geselligkeit gepflegt, in der die Frauen wie schöne Blumen sind, in deren Häusern jedes Möbel zu betrachten ein Genuß ist – das ist schön. Eine bezaubernd ästhetische Welt. Aber das Schöne auf Kosten anderer ist nicht schön. Solange Not, Hungern, Frieren und Dürsten normales Schicksal sind, solange Frauen vor Elend und Arbeit gar nicht dazu kommen, zu ihrer natürlichen Schönheit zu erblühen – solange bleibt jeder Luxus eine Schlange, die hassenswert ist.

Die SED schreibt Artikel gegen die Mißstände. Das tun andere auch. Als die SED den Berliner Magistrat in Händen hatte, unternahm sie sehr wenig gegen das muntere, kapitalistisch-verantwortungslose Treiben. Warum nicht? Konnte sie nicht? Wollte sie nicht? Hatte sie Furcht, das Geschrei von Diktatur werde noch lauter? Das muß eine sozialistische Partei in Kauf nehmen, beschrieen zu werden! Daß die sozialdemokratische Partei, die jetzt führend ist, nicht durchgreift, nimmt nicht wunder. Um sich die Stimmen der Ressentiment-Deutschen, der Schaukelpferde, zu erhalten, tut sie lieber – gar nichts. Und sagt, die Russen ließen sie nicht. Und hat damit, teils, so unrecht nicht.

Soll ich der SED vorwerfen, daß sie jenen Schiebergeschäften nicht die schwarzgekauften Fensterscheiben herausschneiden läßt, um Arbeiterwohnungen zu verglasen, in denen Kinder im Winter hinter Pappfenstern frieren! Kann man ihr nicht andererseits vorwerfen, daß fast alles, was in Berlin geschehen ist, was das Gesicht der Stadt wieder etwas lebensvoller macht, g e g e n den Magistrat geschah, hinter seinem Rücken, gegen seine Verordnungen? Denn man darf nicht vergessen, daß sich wertvolle Betriebe aufgetan haben, Fabriken, Verlage – und hätten sie gewartet, bis Material vom Magistrat bewilligt würde – sie wären heut noch nicht da!

Ich werfe der SED vor, daß sie durch einen Formularkrieg ohne Beispiel den Aufbau nicht nur untergraben hat, die Bevölkerung Berlins nicht nur schwer behindert, sondern gleichzeitig damit eine Propaganda für die freie Wirtschaft und die „Privatinitiative" getrieben, wie sie gar nicht wirksamer sein kann! Die SED hat anderes zu tun, es geht ihr mehr darum, ihre Ideologie durchzusetzen, als um das Wohl der Bevölkerung. Und lieber entwirft sie mit genialer Fernstenliebe Riesen-Schemata einer progressiven Weltanschauung, als daß sie dafür sorgt, daß nun wirklich einmal die Kinder nicht mehr hinter Pappfenstern frieren.

Ich werfe den SED-Genossen vor, daß sie sich unter ihresgleichen allzu wohl fühlen und versäumen, dem Mann von der Straße aufs Maul zu sehen, in einem Optimismus-Wasser schiffen, bei dessen Anblick einem grün vor Augen wird – solche Wellen schlägt der trügerische Schein!

Ich werfe es der SED vor, daß sie die Interessen der Bauern und die der Stadtbevölkerung zu wenig hilfreich unterstützt. Es ist viel mehr zu essen da, als abgeliefert wird! Man braucht nur einmal die überfüllten Bahnen zu sehen, die Menschen, die in Rucksäcken Kartoffeln, Gemüse und anderes vom Land hereinholen! Die Bauern haben etwas zu liefern. Aber auch ihnen fehlt allerlei, was die Stadtbevölkerung ihnen zuträgt. Es muß privat geschehen, daß Arbeiter „krankheitshalber" vom Betrieb fern bleiben, um Kartoffeln zu holen, daß sie ihr letztes gutes Hemd hergeben, um nicht zu verhungern! Mit Geld ist den Bauern, besonders den Neusiedlern, die Kleidung brauchen, die Werkzeuge brauchen, nicht gedient. Der Ausgleich, den Arbeiter und Bauern gegenseitig vornehmen, ist natürlich und in sich richtig. Weniger natürlich ist es, daß die SED zuläßt, daß den Berlinern durch die Zonenpolizei die geringe Ernte wieder abgenommen wird. Neulich sah ich eine beißende Karikatur. Ein SED-Plakat mit der Schlagzeile „Berlin muß leben!" Davor eine arme Frau mit einem Rucksack, der ihr von Polizisten entrissen und ausgeleert wird. Ja, Berlin muß leben!

Warum hilfst du nicht, sozialistische Einheitspartei!?

Der Freie deutsche Gewerkschaftsbund ließ sich neulich am Radio vernehmen, daß die Bauern jetzt ihre sogenannten „freien Spitzen" gegen Artikel eintauschen sollen, deren sie bedürfen. „Na – endlich!" seufzt man und ist doch bekümmert. So viele Botschaften wurden schon verkündet – gemach fehlt der Glaube.

Ich werfe der SED vor, daß sie psychologische Taktiken der UdSSR imitiert, die hierzulande sinnlos und schädlich sind. Die kommunistische Partei als d i e nationale deutsche Partei – nein! Wir wissen, und darum geht es letztlich, daß Menschheitsideale über nationalen Interessen stehen und zu stehen haben. Hier braucht niemandem nationalistisch nach dem Mund geredet zu werden, auf daß das Feuerlein nicht ausgehe, an dem die Reaktion sich eines Tages wieder wärmen will!

Wäre es Mangel an Takt, ein Verkennen der Sieger-Besiegte-Situation, wenn deutsche Sozialisten, die ihre

Landsleute kennen, Rußland psychologisch berieten? Ich meine –
nein. Denn neben der äußeren Lage steht eine innere, die
wir zu vergessen keinen Anlaß haben: w i r haben den Krieg
gewonnen! Wir haben ihn deswegen gewonnen, weil wir wollten,
daß die Alliierten ihn gewinnen. Darum brauchen wir nicht den
Mund zu halten und mit ansehen, daß der Friede verloren wird.
Den Mund halten sollten jene, die ihn zwölf Jahre lang sehr weit
aufgerissen haben.

Rußland als tapferer Vorreiter für den Sozialismus,
als erstes Land, das eine neue Wirtschaftsordnung schuf – als
das Land, das die Kritik der ganzen Welt, den Fluch seiner
kaum durchkämmbaren Größe und Weiträumigkeit, seines
Analphabetentums bewunderungswürdig auf sich nahm und
meisterte und – das wird keiner von uns vergessen! – die
Hauptlast des Nazikrieges an sich zog, die größten Verheerungen
durchlitt, dieses Rußland lieben wir! Mag die sozialistische
Erneuerung der Welt von Rußland ausgehen! Und die Welt kann
für Fehler, die Rußland schon durchkämpfte und die sie nicht
zu wiederholen braucht, dankbar sein! Aber der Sozialismus ist
nichts Russisches. Der anders gearteten Bevölkerung anderer
Länder muß Rechnung getragen werden – historische und
psychologische Rechnung.

Ein weiterer Vorwurf, den ich der SED nicht ersparen
kann, ist der, daß sie nicht für Pressefreiheit in der Ostzone
eintritt. So schwächlich sind sozialistische Ideen nicht, daß die
Lektüre des Berliner „Kurier" oder des „Tagesspiegel" nicht
geduldet werden könnte. Ein guter Kampf wird auf freiem Feld
gekämpft, und nur durch freie Meinungsäußerung kann eine gute
Sache siegen. Sucht sie, sich durch Ellbogen und Versklavung
durchzusetzen, dann ist sie nicht mehr das, was sie sein sollte.

Die Erfolge der einseitigen Orientierung stehen in gar keinem
Verhältnis zu der Propagandawaffe, die die SED ihren Gegnern
eifrig in die offenen Hände gelegt hat!

Wenn es der SED nicht möglich ist, Freiheit und
Freiheitlichkeit bei fairer Besatzungsmacht durchzusetzen, sollte
sie sich wenigstens distanzieren. Aber sie distanziert sich in
keiner Weise, sondern schafft selbst die Basis dafür, mit etwas
verglichen zu werden, an das wir mit Schrecken und Grauen
zurückdenken! Und hätte die SED gar keine Möglichkeiten, irgend
frei zu arbeiten, dann sollte sie aufhören zu sein. An ihrer Stelle
eine deutsche Behörde im Dienst der Besatzungsmacht. Eine
Empfehlung, die man auch anderen Parteien schmackhaft machen
könnte – nicht nur der SED! Vor allem vermisse ich bei der SED
die aufrichtige Diskussion, die kein zu heißes Eisen kennt! Wenn
einer fallen muß, um tausend zu bewahren – ich bin bereit, es
einzusehen! Aber über kein einziges Opfer mache man mir einen
arroganten Scherz und wehre Leid und Tränen mit drittklassigem
ideologischen Gehöhn ab!

Ich schrieb Dir, daß w i r in den Radien, die die SED
ausstrahlt, zu Atem kommen können. Unsere Genossen sind
auch in ihren Reihen zu finden. Aber wieviel verantwortungslose
Freunde wirbeln den Staub der russischen Heere noch einmal
auf, anstatt der Verständigung und der Arbeiterfreiheit zu dienen!

Nach allem könntest Du mir einwenden, warum ich mich
nicht entschließe, entweder Mitglied der SPD oder der SED
zu werden, um dort zu versuchen, in der von mir gemeinten
Richtung zu arbeiten. Ich habe es in der SPD versucht und
habe festgestellt, daß es nicht geht. Der Parteikurs wird von den
Häuptern der Parteien gemacht, und Funktionäre, selbst auf
gehobeneren Posten, haben ihm zu folgen. Das ist alles etwas

sektiererhaft bei uns – man liebt die geistige Bewegtheit nicht. Als ich in der SPD arbeitete, wurde ich einmal als eine Art SED-Spitzeline, ein anderes Mal als sympathisierend mit der Christlich Demokratischen Union bezeichnet. Man darf eben Gegner nicht achten, darf sich nicht orientieren, was von ihnen zu lernen ist! „Wer nicht für mich ist, der ist wider mich, und Rache ist mein blutiges Gewerbe!"

Trete ich in eine Partei und zahle nur Beitrag, dann unterstütze ich den amtlichen Kurs. Arbeite ich in meinem Sinne, ein wenig „weltweit", dann werde ich binnen kurzem ausgeschlossen. Also – wozu? Ich muß versuchen, auf meine Weise für das einzutreten, was ich in meiner Begrenztheit – erkennen kann. Sehr froh bin ich darüber nicht. Denn ich bin für Parteien und habe mit meinen „Genossen", nämlich denen, die rufen „wir wollen von keiner Partei mehr etwas wissen", gar nichts, aber auch gar nichts gemein.

Helene

BERLINER
BRIEFE

– – – – – –

Zehnter Brief

Lieber H a n s !

Welcher Sozialist, der mit sich allein und ehrlich ist, hat
sich nicht schon die bängliche Frage vorgelegt, ob die Erfassung
durch materielle und geistige Planwirtschaft nicht noch grausiger
ist als der Machthaber Kapitalismus?

> „Gut sein – gut sein! ist viel getan;
> Erobern ist nur wenig.
> Der König sei der beste Mann,
> sonst sei der bess're König!"

Der Claudius-Vers ist eine wunderschöne, leichte,
unmögliche Lösung aller Probleme. Sind wir zu der Auffassung
verführt, daß alle Systeme an der menschlichen Schwäche
scheitern oder an der menschlichen Tugend gewinnen können?
Daß es also gar nicht darauf ankommt, ob Kapitalismus oder
Sozialismus in der Welt herrschen, sondern allein darauf, ob
hochwertige Menschen oder Kreaturen regieren?
Die vergangene Schreckenstyrannei allein könnte schon
Gegenbeweis sein. Es gab, tatsächlich, auch „anständige" Nazis
– haben sie etwas bewirkt? Nein. Es fanden sich eben hirnlose
Menschen, die vom Bösen eingesetzt waren, uns ein „moralisch
Lied" zu singen, um uns gewisser zu betören.
So reden die Kapitalisten sich aus. Einerseits mit
der berühmten Privatinitiative, die bekanntlich Berge
versetzt und unter anderem Kriege verursacht, andererseits
mit der menschlichen Schwäche, die Machtmöglichkeiten

immer wieder ausnutzen wird, zum Schaden an Freiheit und Wohlergehen. Bonzenwirtschaft eines Einparteiensystems – eine Spitzelklöppelei bis in die letzte Hütte –, schauerliche Alpträume, wer wollte es leugnen? Und Diktatur – minderste Gangsterdiktatur – hatten wir schon – nein, danke!

Mit diesen wiederum, ach, so leicht! nummerierbaren Argumenten – Hauptmann brachte sie bereits in den „Webern" unsterblich – geht man nicht vorsichtig genug um die Probleme herum. Das ist es, was ich nicht möchte, aber muß: um die Probleme herumgehen, sie von allen Seiten betrachten, subjektiv, weil ich zu einer Objektivität gar nicht imstande bin! Auf meinen Wanderungen im politisch-psychologischen Mischwald gibt es dornige Flecken, wo meine Wünschelrute ausschlägt, dann wieder sehe ich gar liebliche Quellen, an denen ich mich nicht erlaben kann. Wenn zum Beispiel einer mir die Gretchenfrage stellte, ob ich ein Demokrat wäre – ach, zum mindesten habe ich mich öfter bei terroristischen Wünschen ertappt! Von „dem Kerl sollte man das Schreiben verbieten" bis zu „dem möchte ich mal ..." ist alles schon dagewesen. Wenn des Nazi Ressentiment sich in die junge deutsche Presse ergießt und dröhnenden Applaus mit seinen Scherzelein über die bösen Alliierten findet, wenn die deutsche Schuld glossiert wird, wenn es gar geschieht, daß Rußland mit Hitler-Deutschland in einen Diktaturtopf geworfen wird, dann wird mir so undemokratisch ums Herz, wie ich es gar nicht beschreiben kann! Und daß ich angesichts der deutschen Not drastische Terrorakte gegen die Vampire blumigen Kitzelreportagen über wirtschaftliches Lotterleben vorziehen würde, habe ich schon zur Genüge angedeutet.

Mich graust es vor den Folgen einer konsequenten Formal-Demokratie! Warum? Um der menschlichen Schwäche willen! Darum, weil der deutsche Nazi der gesunde Teil der Bevölkerung ist, gesund, das heißt skrupellos genug, jeden Vorteil für sich auszunutzen und den Gegner wie ein Skorpion von hinten zu stechen! Sie nehmen Gerechtigkeit in Anspruch, um desto schneller wieder zu ihrer Art von Gerechtigkeit zu gelangen! Sie lassen sich von der Demokratie schützen, werden in ihrem Schutze wie vordem korpulent und kräftig – um die Demokratie zu stürzen. Eines Tages, wenn die Alliierten es nicht hindern, werden diese „braven Jungen" wieder Ordnung machen, eines Tages, wenn die Demokratie, die schon jetzt auf dem Wege dazu ist, sich endgültig lächerlich gemacht hat!

Das Gute mit seinen guten Waffen ist schutzlos gegenüber dem Kampf der Skrupellosen. Der wird stark, der es versteht, am gegnerischen Siegfried die verwundbare Stelle herauszufinden. Wer nicht das Wahrhaftige, sondern das Geschäftstüchtige sagt, der siegt. Politik mit Herzklopfen, Sozialist sein mit Phantasie – das ergibt in den politischen Taktiken und Praktiken etwas betrüblich Komisches!

Aufs politische Geschäft versteht sich der Nazi in Deutschland am besten. Er holte sich den Sündenbock für alles in den Juden. Den niedrigsten Instinkten sang er sein „moralisch Lied". Er schuf sich ein Heer höriger Fachleute, die ihm den Apparat geölt hielten. (Leicht verliert der Deutsche Verstand und Herz ans Fachwissen!) Hörige mit dem Stolz von Herrschern – ein Zaubertränklein, wie es die genialste Hexe aus Grimms Märchenwelt nicht hübscher mixen konnte!

Heute ist der vitale Teil unserer Bevölkerung, der Nazi, lebhaft tätig. Er weiß, daß breite Schichten des deutschen Volkes noch immer ersehnen: sich von jeder Verantwortlichkeit zu drücken und die Schuldenlast von sich abzuwälzen! Ein

Stichwort, unter diese Menge gejagt, schlägt blitzartig ein!
Und die Stichworte regnen, und das Land ist so blaß, und
die Nacht wandert leise – ach, die Nacht wandert sehr laut
und sehr dunkel, es wird immer mehr Nacht um uns, je mehr
Menschen aus unseren Reihen sich in diese Finsternis begeben,
ohne zu erkennen, wohin sie gegangen sind! Gott weiß, wir
Prohumanitären haben es uns anders gedacht, sehr, sehr
anders gedacht, aber deswegen dürfen wir noch lange nicht
dem Rattenfänger von Hameln zulaufen und fasziniert nach
seiner Pfeife tanzen! Mag es uns noch so sehr auf den Leib
rücken, es hat uns – in bezug auf unsere politische Moral –
nichts anzugehen, was andere Völker treiben – wir müssen
unverrückbar auf dem Boden der deutschen Schuld und
Wiedergutmachungspflicht stehen. Es macht keinen Spaß, weil
die Leute das nicht hören wollen – es macht deswegen noch
weniger Freud', weil sie unseresgleichen für Alliiertenknechte
erklären.

Politische Moral darf nicht andere Sprache sprechen als
die private: Gibt es Übleres als ein Liebespaar, das aneinander
nicht zurechtgefunden hat und sich dann auf der schliddrigen
Ebene des Enttäuschtseins, mit Schmutz bewirft? Ach, ich hasse
alle Enttäuschten, die nicht imstande sind, den Übergang dazu
zu finden, von sich selbst enttäuscht zu sein! Man hat es immer
selbst fehlen lassen. Dies freilich sage sich j e d e r !

Von vielen sind wir Prohumanitären schon verlassen
worden, und, mag es sich anders anhören, wenn Du Radio hörst
– in Wirklichkeit sind wir eine ziemlich schwache Gruppe, eine
Widerstandsgruppe, die nicht populär ist.

Es ist erschütternd, festzustellen, wer uns alles verlassen
hat, wer nach der Pfeife des Rattenfängers tanzt und nach

ihrer Tonleiter singt – um den Tagesapplaus? Wir wollen keine
Motive unterschieben. Sagen wir lieber: aus der Unfähigkeit, die
Zusammenhänge richtig zu ordnen!

Ein antifaschistischer Dichter zum Beispiel unterhält
heute den Ressentimentdeutschen mit Chansons, die er – von
Begeisterung umjubelt – in einem Kabarett vortragen läßt. Ich
zitiere nur einen Vers, den eine deutsche Flüchtlingsfrau singt:

> „Ich trag' Schuhe ohne Sohlen,
> und der Rucksack ist mein Schrank.
> Meine Möbeln hab'n die Polen
> und mein Geld die Dresdner Bank!"

Siehst Du, mein Guter, das ist nicht etwa ein Mitläufer,
das ist nicht einer, dem sich etwas nachsagen ließe, das ist:

> „– ein deutscher Dichter,
> bekannt im deutschen Land.
> Nennt man die besten Namen,
> dann wird auch der seine genannt!"

Über die Opfer des Faschismus zu singen, von den
Menschen zu singen, die die Nazis in die Gaskammern schickten
– nein, das macht nicht populär! Da halten sie sich die Ohren
zu! Das können sie schon gar nicht mehr hören! Das haben sie
angeblich nicht gewußt – aber:

> „Meine Möbel hab'n die Polen
> und mein Geld die Dresdner Bank!"

Hei, welch ein Liedchen! welch ein Sänger! welch ein Mut! Um so verderblicher, daß es sich um einen fast dekorierten Antifaschisten handelt! Um so gieriger stürzt sich das Pack auf seine anklägerischen Worte, denen man nur entgegnen kann:

Wir haben Millionen das Leben gestohlen!
Wir verwüsteten und versklavten ganz Polen!
Wer das vergißt, den soll der Teufel holen!

Einige Große hat man gehängt. Genug kleines Giftzeug läuft – leider! – frei herum, trauert seinen Großen nach und trachtet nach Großem!

Wunderst Du Dich, daß ich diese Demokratie mit Angst betrachte?

Ja, hätten die Deutschen sich gewandelt, seufzten sie unter der Last ihrer Schuld, es wäre Unrecht, ihnen nicht wieder aufzuhelfen. Wer ohne Sünde ist, werfe den ersten Stein! Aber die Ehebrecherin war doch von Reue bewegt, als Christus zu ihr sagte: „Gehe heim und sündige fortan nicht mehr!"

Ich habe nicht einen schuldbewußten Nazi angetroffen, nicht einen, nicht einen einzigen! Entweder waren sie gar keine Nazis, oder sie sind, wie es dem charakterfesten deutschen Manne geziemt, stolz darauf, Nazi gewesen zu sein und es zu bleiben, „bis mal wieder andere Zeiten kommen!"

Schlägt ein Faschist Dich auf die rechte Wange, reiche ihm nicht die linke dar! Er geht nicht beschämt und erschüttert fort. Er schlägt Dich knock out!

Helene

– – – – – –

Lieber H a n s !

Du hast Sorge, daß ich meine Seele verkaufe. Der Feind stünde nicht rechts. Der Satan sei der Feind, der sich mittels solcher Schablonen wie rechts oder links, rot oder braun die Menschen dienstbar mache.

Nun geht es mir nicht so, daß ich vor christlichen Anwürfen aufklärerisch albern den Kopf werfen kann. Durch Protestantismus verinnerlichter Katholizismus ist mir nah wie Großvaters Birnbaum. Die Gestalt Christi ist mir unauslöschlich, ein unauslöschliches Menschentum. Und der Satan, der seine Dämonen in der Welt umherjagt, der sich materieller und ethischer Güter bedient, um uns um Liebe und Freiheit zu betrügen, ist für mich kein Phantom, sondern ein ungeladener Gast des Grauens.

Nenne es Satan, nenne es Dämon, nenne es das Böse schlechthin, nenne es Egoismus – treib Tiefenpsychologie oder Psychoanalyse Du kannst gar nicht ausweichen. Nenne es Natur, und Deine Hoffnungen gehen daran zugrunde.

Wenn Du Thomas Manns Zauberberg gelesen hast, wirst Du Dich der Debatten zwischen Settembrini und Naphta erinnern. Naphta begreift die Welt aus ihrer Gottgetriebenheit vom Dunklen, Bösen, Verstrickten her – er begreift die Welt umfassender, wahrhaftiger als Settembrini, der Rationalist, der mit seinen sauberen Formulierungen, seinen flächigen Prätentionen, seinem Appell an die Vernunft wirkt wie ein begrenzter Studienrat. Liederlich, ruft er empört, liederlich seien Naphtas Reden! Siehst Du, und ich lasse mir von einem geckenhaft flirtenden Settembrini den Arm reichen und lasse Naphta stehen. Ich schlage mich auf die Seite des Flächenhaften und werfe nach Naphta das Luthersche Tintenfaß. Ich finde ihn liederlich. Settembrini hat recht. Es ist liederlich, wenn wir sein wollen wie Gott und in Zusammenhängen herumwühlen, die wir doch nicht auseinanderzerren können, an Abgründe heran treten, deren Anblick allein uns schon verschlingt. Das ist liederlich. Das macht liederlich!

Es genügt vollkommen, die Welt der Dämonen so weit zu sehen, daß man zu Zeiten nicht anders kann als das Tintenfaß zu werfen. Im übrigen: flächig. Jetzt und hier. Ich halte nicht allzuviel von den Hochgeistigen, die „über den Dingen" stehen und an den Gegebenheiten, die ihnen gegeben sind und denen sie zugeordnet sind, vorbeigehen oder drunter durchhuschen.

Das Darüberstehen ist nicht möglich. Es ist ein mehr oder weniger reizvoller Schein. Jetzt und hier essen wir unsere aromatischen Mehlsuppen. Mögen wir durch Ahnung und Geschichtskenntnisse wissen, daß vor Tausenden von Jahren im alten Rom der Kampf zwischen Patriziern und Plebejern tobte, mögen wir wissen, daß der Aufstand der Sklaven klassisch ist: mit den heutigen Sklaven fühlen wir, die heutige Art der Versklavung geht uns etwas an!

Wenn es dazumal hieß: hie Patrizier – hie Plebejer – und im Hintergrunde standen weise Priester und stäubten unweisen Weihrauch; untergründig kicherten die Dämonen über den losgelassenen Freiheitsdurst, der mit so wilder Unschuld in neue Sklaverei lief. –

Wenn es heute heißt: hie Kapitalismus – hie Sozialismus – und im Hintergrunde stehen Kirchen und Sekten, stehen darüber und predigen Gutes, das kaum einer zu leisten auch nur willens ist; untergründig kichern die Dämonen über unseren losgelassenen Freiheitsdurst, der mit so wilder Unschuld in neue Sklaverei läuft –

– dann kann sich der Mensch, er mag übersehen, was immer er übersehen kann, vor dem Ziehen an einem Tau nicht vorbeidrücken. Drückt er sich vorbei, hat er schon mitgezogen und wird die Konsequenzen in Schuld und Gnade zu tragen haben.

Plato gefällt mir, weil er jedem Dinge seine Idee zugibt und dadurch den Himmel als ein Erreichbares oder jedenfalls zu Erfühlendes, zu Erdenkendes, zu Erstrebendes auf die Erde gezogen hat. Spinoza gefällt mir, weil ihm noch die Mikrobe göttlich ist. Praktisch angesehen: solche Lehren können bewirken, daß ethisches Bemühen sich auf Erden austollt – daß Verbindung und Verbindlichkeiten auf Erden revidiert werden.

So weit war man einmal, aber dann kam das Christentum mit seinem (wie weit liederlichen, wie weit wahren?) Dualismus. Wenn der Schwerpunkt des Daseins von der Erde und die Forderungen des Jetzt und Hier in ein imaginäres Jenseits verlegt werden, dann haben Unordnung und Falschheit ihr gewisses Spielfeld. Wenn dazu noch die Kirchen, anstatt die Menschen auf ihre Verantwortlichkeiten auf Erden hinzuweisen, vor allem auf die Kausalreihen auf Erden! Gebetsleitern und Werke der Barmherzigkeitsleitern zum Jenseits bauen, wenn sie Revolutionen verbieten – „Denn wo Obrigkeit ist, ist sie von Gott" – wenn sie Ausbeutung unterstützen – dann feiert die Nachlässigkeit trübe Feste, und das arme, gequälte Individuum darf sich daran trösten, daß eher ein Kamel durch ein Nadelöhr geht als ein Reicher ins Himmelreich!

Sprich mir nicht – oder sprich mir ruhig – vom „Naturrecht" der katholischen Kirche. Wie sehr dies ein

hohles Wort sein kann, lehrt die Geschichte! Dostojewskis
Großinquisitor ist eine erschütternde Vision. Man kann sich
dieser Vision des vertriebenen Christus nicht verschließen, man
versiegelte denn alle inneren Augen!

Die Werkgerechtigkeit des Katholizismus mag für die
Dinge dieser Welt immerhin noch glücklicher wirken als Luthers
Gnadenwahl, die das gute Werk als Nichtigkeit absetzte.

Eines möchte ich gleich klarstellen: mein Angriff richtet
sich nicht gegen die kunstreichen Gebäude der Theologie. Er
richtet sich nicht gegen einen Theodor Haecker, nicht gegen die
Richtung der Zeitschrift „Hochland", die wir lasen, oder gegen
die „Frankfurter Hefte", die wir heute lesen – er richtet sich
vornehmlich gegen das, was der niedere Klerus anrichtet. Ein
Dominikanerpater sagte einmal: „Jeder Pfarrer bringt in einer
Predigt sieben Häresien. Mehr allerdings sind nicht erlaubt."
Seltsamerweise behält das Volk diese sieben Häresien.

Mein Angriff richtet sich gegen den (Achtung, Naziwort!)
„politischen Katholizismus". Gleichzeitig weiß ich, daß nichts auf
Erden unpolitisch sein kann, geschweige denn ein Glaube. Daher
treffen meine Angriffe doch wieder weiter.

Der Satz von der gesunden Seele im gesunden
Körper, einer der Grundpfeiler für Menschenrecht und
Menschenpflichten, wurde vom Christentum, ich betone: in der
Praxis!, entthront.

Höchstes Gebot der Nächstenliebe galt es, dafür zu
sorgen, daß niemand Schaden nehme an seiner Seele! Im Sinne
dieser Pflicht verübten sie Gewissensknebelung, lehnten sich
gegen jede wissenschaftliche Neueinsicht auf, folterten, raubten,
entschuldeten ihre zeitliche Gier mit überzeitlichen Begierden,
ließen sich in Krämerstreitigkeiten um bessere Himmelsplätze

ein und erniedrigten Menschenrechte, in dem sie die Schlüssel
der Barmherzigkeit in einer ungeordneten Welt herumliegen
ließen. In den Geboten, die Moses vom Berg herunter trug,
finden wir nichts davon, daß, wo Obrigkeit ist, sie von Gott sei.
Christus mag seine Gründe gehabt haben, als Reformator und
Religionsschöpfer nicht auch noch in Konflikt mit den obersten
Behörden geraten zu wollen. Die christlichen Kirchen aber haben
das Gebot „Ich bin der Herr, Dein Gott, Du sollst nicht andere
Götter haben neben mir" tausendfältig übertreten. Sie waren sich
selbst Gott, und sie hegten andere Götter. Ihr bewundernswerter
Bestand nimmt nicht wunder, weil sie mit jeder Obrigkeit
Konkordate abschlossen und das Volk durch Inbesitznahme der
Seelen, durch himmlische Belohnung und höllische Bestrafung,
von der Wahrung seiner Rechte abhielten. Das Scherflein der
Witwe ist ihnen niemals soviel wert gewesen wie die Taler der
Reichen. Aber auch das Scherflein der Witwe haben sie gern
genommen. (Auch hier spreche ich nicht etwa von Guardini
oder Pater Sonnenschein – sondern von den Praktiken gewisser
Landpfarrer, die habsüchtige und engherzige Bauern mit Lob
bepredigen, wenn sie nur für die Kirche gestiftet haben!)

Daß die Kirchen Glück und Ruhe in Menschenherzen
tragen, daß sie der Dummheit entgegenwirkten, indem sie
sie durch die Tugend der Demut dämpften – es bleibe ihnen
unbenommen und ungeschmälert! Daß es ihnen ferner gelungen
ist, den triebverhafteten Menschen zu disziplinieren, ihm
Mäßigung aufzunötigen, ist eine große Sache. Allerdings nicht
nur eine christliche. Die Juden hielten ihre Fasten – und wenn
wir gar an die Fakire denken!

Einer der schon nicht mehr eingeschneiten Gipfel
im Sündenregister der Christen, der Gletscherbrocken

von Sklaverei über die Völker lawinenartig schleuderte, ist die Entheiligung der Liebe zu einer muffigen, geduldeten, unappetitlichen Angelegenheit. Ich weiß, daß hier wieder einmal die katholische Praxis von der hohen Schule der Theologie abweicht. Es ist mir bekannt, daß nicht einmal Van de Velde im Gegensatz zur katholischen oder protestantischen Theologie steht. Aber was haben die kleinen Pfarrer im Volke angerichtet, haben sie es ohne Auftrag angerichtet? Die Kenntnis katholischen Volkes, das in seiner Prüderie bis zur Unsauberkeit herabsinkt, spricht mir lautere Sprache. Warum – verzeih mir diese Details – erziehen jetzt existierende katholische Kinderheime die Kinder zur Unsauberkeit? Warum dürfen katholische Waisenkinder nicht einmal im stickigsten Sommer in Spielhöschen mit freiem Oberkörper herumlaufen? Warum werden Knäblein und winzige Dämchen von sechs Jahren schon mit einer Ängstlichkeit voneinander ferngehalten, die geradezu lächerlich ist! Und anstatt die Sünden gegen die Nächstenliebe zu geißeln, gefällt sich mancher Pfarrer darin, das sechste Gebot in einer Weise auszuschlachten, die einen krankhaften Eindruck macht!

Das Welt- und Lebensprinzip der Freiheit und des Friedens – nichts anderes ist die Liebe – gewaltsam ins Satanische abzubiegen, zeitigt psychologische Verrenkungen. Menschen, die miteinander „sündigen", achten sich nicht. Aber Menschen, die bleichgesichtig und verkorkst mit ihrem normalen Triebleben kämpfen, anstatt sich um das Wohl der Gemeinschaft zu bekümmern, werden keine Revolutionäre.

Platos Idee von der Liebe ist viele Messen wert – womit ich die mißverstandene Konfektions-Auffassung von „platonischer Liebe" nicht meine.

Die gesunde Seele in einem gesunden Körper wurde nicht gepflegt, Anstatt die Menschheit dazu zu erziehen, eine Einheit von Leib und Seele anzustreben, den Körper zum Instrument bester seelischer Regungen zu bilden (und damit gegen Sadismus, Masochismus, Prostitution usw. wirksam vorzugehen), wurde die dualistische Kluft, die in etwa naturgegeben ist, riesenhaft verbreitert. Sklaverei wurde bekämpft und durch viele Sklavereien ersetzt. Vielleicht ließe sich mancher lieber auf dem Markt verkaufen, als sich von Kirchen verkaufen zu lassen! Man wüßte, woran man sich zu halten hat! Franz von Papen machte eine ausgezeichnete Figur, als er 1933 mit der Kerze und fromm gesammeltem Gesichtsausdruck in der Fronleichnamsprozession vor der Hedwigskirche wandelte! Ich habe ihn lange betrachtet – unvergeßlich ist mir der Anblick dieses Menschen! Unvergeßlich auch, wie Mutter und ich auf dem gleichen Platz standen und in unsere Taschentücher heulten, weil der Bischof von Berlin das Konkordat vorlas: „Denn wo Obrigkeit ist, ist sie von Gott!"

Vor der Machterschleichung war es jedem Katholiken bei Strafe der Exkommunikation verboten, Mitglied der Nazipartei zu werden. Mit Recht. Christen können einer Rassenlehre nicht zustimmen. Jede Seele wiegt vor Gott gleich – und sollten Ungleichheiten vorkommen, dann hat die Kirche sie dank ihrer Schlüsselgewalt verfügt, aber die Nazis haben nichts damit zu schaffen. Eben exkommuniziert – jetzt Konkordat. War nichts vorgefallen? Waren die Nazis nicht so schlimm, wie man geglaubt hatte? Sie marschierten nur durch die Straßen, sangen „Volk ans Gewehr!" und „Wenn das Judenblut von Messern spritzt, dann geht's nochmal so gut!" Es waren „wackere Männer aus dem Volke". Und weil sie nun einmal die Macht in Händen hatten, und weil sich der gute Katholik mit Weltlichkeit die Hände nicht beschmutzen will – er könnte Schaden nehmen an seiner Seele! –, darum schloß man ein Konkordat, verriet alle Gläubigen, die ungläubig und wie die begossenen Pudel vor der Hedwigskirche standen, keineswegs beglückt, keineswegs befreit! Verratene Lämmer – alle miteinander! (Die Kirchen, diese Bräute Christi, schmückten sich in der Geschichte oft zur Unzeit! Nimmt es wunder, daß schon Sulamith im Hohenliede klagen mußte: „Als ich meinem Freund aufgetan hatte, da war er fort und hingegangen." Man kann's ihm fast nicht übelnehmen!)

Hätten die Katholiken damals kein Konkordat geschlossen, die Protestanten keine Deutsche Christenbewegung zustande gebracht, es wäre anders gekommen!

Du weißt, daß ich in den ersten Nazijahren noch Schülerin war. Ich habe keine warnenden Pfarrer kennengelernt, in meiner Schule und Pfarrei nicht! Aber beim Pfarrer im Sprechzimmer hing ein Adolf-Hitler-Bild, das Antlitz der gottgewollten Obrigkeit. Und liebliche Gleichnisse über den Aufstieg des Volkes unter unserem Führer zerweichten die Konturen der kläglichen Religionstunden.

Vor einem Jahr im Westen fiel mir ein Dokument in die Hände. Da hatte der Pfarrer des Ortes zur Österreich-Wahl Flugblätter an seine Gemeinde verteilen lassen:

„Stimmt mit JA! Dies rät euch euer Seelenhirte als verantwortungsbewußter Deutscher!" So ähnlich lautete der Text. Kein Wunder, daß jene Priester heut gern entnazifizieren und Pate stehen, wenn politische Verbrecher mit dem Wasser der Unschuld zu Jungdemokraten getauft werden! Haben sie doch ihre Schäflein, in Bangigkeit, an Boden zu verlieren, selbst hineingejagt!

Ehre, wem Ehre gebühret, und Ehre gebührt nicht
dem Osnabrücker Nazibischof Berning, dem Staatsrat, wohl
aber dem Kardinal Faulhaber und dem Grafen Galen! Ehre
gebührt Martin Niemöller, dessen „hochveräterischen"
Predigten ich ebenfalls lauschte. Heute soll ihm die „Maske
vom Gesicht" gerissen werden, las ich in der Zeitung. Daß
dieser Mann geradegestanden hat und unerhört wirkte: kann
niemand abstreiten. Wenn er sich auf dem moorigen Boden
der Nachkriegszeit nicht immer ganz sicher bewegt und doch
meint, sich ununterbrochen bewegen zu müssen, schmälert
es seine früheren Verdienste nicht. Ehre vielen kleinen
Stadt- und Landpfarrern – und das Martyrium aufrechter
Ordensgeistlicher wollen wir nicht vergessen. Viel zu wenig
hören wir über die zurückgelassenen Frauen der Bekennenden
Kirche, deren Männer in den Konzentrationslagern geblieben
sind. O Deutschland – man darf wohl sicher annehmen, daß sie
auch heute hungern und frieren, daß Wiedergutmachung nicht
geleistet wird!

Ehre allen Tapferen, aus welchem Lager sie immer
kommen! Und daß der christliche Glaube Voraussetzungen zum
Heldentum birgt, kann niemand bestreiten. Trotzdem hat das
Christentum als Institution im Kampf gegen die Nazis versagt
wie alle Institutionen. Die sozialistische Jugend wurde im
Stich gelassen, die katholische Jugend ebenfalls. Es gab keinen
Gemeinschaftskampf. Wer sich isoliert auf den Alexanderplatz
stellen wollte und gegen Hitler sprechen, konnte es tun – es wäre
eine sinnlose Handlung gewesen.

Um wenigstens in einem Antinaziverein zu sein,
trat ich 34 in den katholischen „Heiland"-bund. Die jungen
Mädchen, mit denen ich dort wanderte, sang und las, waren

begeistert „dagegen". Wir rissen uns darum, bei der letzten Straßensammlung, die dem Caritasverband gestattet war, zu sammeln. Wie eifrig steuerten wir mit unseren Sammelbüchsen gerade auf die Berliner mit dem „Bonbon" zu! Es war die Zeit, wo die gesamte Geistlichkeit als Devisenschieber und Sittlichkeitsverbrecher diffamiert wurde. In nicht wiederzugebender Weise pöbelten Ausdrücke auf uns nieder, die fürwahr nichts für junge Mädchen waren. Wir haben uns nicht stören lassen – Jugend will ja kämpfen, gebt ihr eine gute Sache! – Dann wurden wir nach Hause geschickt. Wir durften unser Lied von „Christus, dem Herrn auch unserer Zeit" nicht mehr singen.

Tiefes Unbehagen, ein nervöses Peinlichkeitsgefühl befallen mich, wenn ich die Kirchen heute wieder in Zentrum und CDU politisch aktiv sehe. Die Zwiespältigkeit christlicher Ethik – der verderbliche Dualismus – nun, Christentum hat viel Wertvolles – möge es leuchtend zutage treten! – Es ist natürlich, daß in der jetzigen Zerrissenheit die Menschen dazu neigen, sich religiös zu beheimaten, zumal ihnen jede reformerische Politik verdächtig sein muß und sich, leider, auch verdächtig gemacht hat, täglich macht – ein Ende ist gar nicht abzusehen!

„Will niemand seinen Gott und seine Kirche rauben!" Dies Goethe-Wort ist von der Einsicht getragen, daß der Räuber eine leere Stelle zurücklassen könnte, die er nicht imstande ist wieder auszufüllen. Wohl dem, der von seiner Weltanschauung so überzeugt ist, daß er sie anderen als rosa Glückskleidchen überstreifen will! Wer die Phantasie hat, nachzuempfinden, wie selig Menschen in ihrem Glauben ruhen können, der hüte sich! – und er hütet sich auch.

Die politischen Anmaßungen des Christentums, das zur Politik nicht berufen ist (da alles politisch ist, liegt hier eine

Antinomie – eine der vielen), weil „wo Obrigkeit ist, sie von Gott sei" –, sind angreifbar. Es sind nicht allein die religiösen Sucher, die zu christlichen Fahnen strömen. Der Kapitalismus schmiegt seine spezielle menschliche Schwäche an die jahrtausendealten Kirchenpfeiler – Nazis, kleine und größere, suchen Schutz unter dem Marienmantel, um schleunigst hervorzukommen, wenn sich ihnen eine Chance bietet, wieder mehr Nazi als fromm zu sein. Die Kirchen haben nicht das Recht, Menschen von sich zu stoßen, um keiner himmelschreienden Sünde willen! Aber wir haben das Recht, jene Mitläufer eines christlichen Weltgewissens scharf zu betrachten, mit den boshaften und klaren Augen der Weltkinder.

Meine Seele, die ich nicht an Farben verkaufen soll, kann sich auf den Handel nicht einlassen: über den Dingen stehende Kosmetik zu treiben und darauf zu warten, daß sie aufs neue verkauft wird.

„Wo Obrigkeit ist, sei sie vom Volke!"

Mit dem Christentum ist es wie mit der Liebe: es läßt sich viel darüber sagen, und doch ist es nicht auszuschöpfen. Paulus hat die Liebe mit seinem Hohenlied nicht ausgeschöpft, und fügt man Salomos Hoheslied dazu, wird sie noch immer nicht erfaßt. Ähnlich das Christentum. Es ist mehr daran.

Aber, lieber Prediger, ich will nicht. Warum nicht, habe ich erklärt.

Ich ziehe es vor, mit meinem Settembrini, vor Dämonen guter und böser Art verschanzt, auf der Kurpromenade zu plaudern, seiner prätentiösen Stimme der Vernunft zu lauschen, die mir nicht Göttin ist – wohl aber flächige, sehr geliebte Pflicht!

H e l e n e

BERLINER
BRIEFE

– – – – – –

Zwölfter Brief

Lieber H a n s !

Wie schön ist dieser Brief, den ich gestern von Dir
bekam! Eine Warte ohne Arroganz, ein Verstehen ohne
Herablassung! Ein Beweis, daß es Brücken zwischen den
Menschen gibt, wenn sie Brücken bauen wollen! Wollen sie
immer? Nein. Können sie immer? Auch das ist fraglich, weil das
Brückenbauen etwas voraussetzt, ein Hinein gehen in andere
Welt, in eine andere Psyche, wozu vielleicht nur Freundschaft
befähigt ist, die über die Voraussetzungen der inneren und
äußeren Umwelt (Uexküll!) hinaus kann.

Im allgemeinen – Als ich den vorigen Brief an Dich
absandte, glaubte ich, er möchte ohne Sinn für Dich sein. Ich
spann ein wenig Garn vor mich hin und möchte es für Dich
aufrollen. Der Holzpflock, auf den ich dies Garn gewickelt habe,
setzt meine Unfähigkeit voraus, das Absolute (in bezug auf
menschliche Erkenntnisse) zu erfassen oder anzuerkennen. Eine
Bilanz aus der Praxis – nichts anderes soll das Folgende sein.

Christentum gibt es. Es gibt Naturchristen und darunter
Naturprotestanten und Naturkatholiken. Weil ich zum Beispiel,
sofern überhaupt Christ, ein Naturprotestant bin, mußte ich
ein blasphemischer Ketzer im Rahmen der katholischen Kirche
werden.

Gegen innere Unruhe und Zweifelssucht will auch das
Kräutlein der Demut nicht verschlagen. Unsereins, diesmal sind
die protestantischen Naturen gemeint, kann nicht anders als sich
von den privatesten bis zu den allgemeinsten Menschheitsdingen
täglich vor der Ursprungsfrage zu finden: „Stimmt es denn auch

so?" Die Sicherheit fehlt, andere Lampen geben anderes Licht. Man muß sich damit auseinandersetzen. Sucht man sich zu beruhigen, geht es auf Kosten des Lebensgefühls. Melancholie breitet noch düsterere Schatten, als Zweifel es tun.

Die Psychologen haben versucht, die Menschen durch Typisierung einzuordnen. Kretschmers Konstitutionstypen, Sprangers Lebensformen sind Versuche, bestechend und interessant. Es ist anders typisiert worden und kann anders typisiert werden. Wird man ganz genau, zerfällt die Welt doch wieder in unerfaßbare Individuen. Die unlösbaren Reste verweisen uns auf den Respekt, den nicht verlieren darf, wer sich mit Menschen befaßt. Das ist ja das Peinliche an „Demaskierungen", an Motivunterschiebungen, daß Hebbels höchstes und notwendigstes Gebot: „Hab Achtung vor dem Menschenbild!" verletzt wird.

Es ist menschliche Schwäche, anders geartete Typen zu desavouieren. Human, demokratisch ist es, sie zu achten.

Im politischen Kampf wird einem jeden klar, wie es so gar nicht einfach ist, Proselyten zu machen. Gegen bestimmte Richtungen verschlagen keine Argumente. Widerlege eine Meinung tausendmal, zehntausend mal wird sie Dir wieder begegnen! Aber woraus widerlegst Du sie auch? Aus Deinem Lebensgefühl! Warum halten die anderen daran fest? Aus ihrem Lebensgefühl! Welche Gegensätze lassen sich aus der Bibel belegen, welche verschiedenen Systeme in der Geschichte aufzeigen, und die fundamentiertesten Gottesbeweise hochgelehrter Scholastiker überzeugen keinen Gottlosen, falls er nicht auf dem Punkt angekommen ist, wo er wünscht, sich überzeugen zu lassen.

„Was ist Wahrheit?" fragte Pilatus. Und daß er sich auf diese Frage hin die Hände wusch, mutet ungemein sympathisch an. Auch im politischen Gehege gibt es Typen. Ich kann schwerlich einen liberal-kapitalistisch orientierten Menschen zum Sozialisten machen, der seinem Typ nach liberal-kapitalistisch ist. Ich dresche ihm leeres Stroh vor. Mit numerierbaren Argumenten können wir einander zu Leibe rücken, können uns anständig dabei betragen oder gegenseitig kränken – es verschlägt nichts. Ich kann ihn nicht zwingen, seinem Lebensgefühl zuwider zu entscheiden. Er kann mir wirtschaftliche Statistiken zeigen, kann mir Lebenserfahrungen gebündelt überreichen – meine Wünschelrute schlägt nicht aus. Mein Lebensgefühl als Sozialist ist inattackabel.

Der sozialistische Typus ist schon immer auf Erden gewandelt, längst ehe Marx sein kommunistisches Manifest schrieb. Wir Atlasameisen – d.h. wir Menschen, deren Lebensgefühl sich nicht nur damit bescheidet, sondern danach verlangt, sich innerhalb der Menschheit als Ameise zu fühlen, die kleine Stäbchen emsig umherträgt. Gleichzeitig mit den winzigen Stäbchen trägt uns das Bewußtsein, als lasteten die Leiden und Nötigungen des Kosmos auf uns – „Ich unglückseliger Atlas, die ganze Welt der Schmerzen muß ich tragen!" –, als seien wir verantwortlich für alle. Daher Atlasameise. Die Atlasameise ist ein Träger der Solidarität. Sollte sie auch, durch Jahrtausende gewitzigt, an einem Fortschritt der Menschheit verzweifeln, sie kann nicht anders handeln, als glaube sie an einen Fortschritt. Sie glaubt auch daran. Sie gibt es nur in sehr klugen Kreisen nicht zu, weil sie den Fortschritt nicht beweisen kann und sich ihres Optimismus schämt. Die Atlasameise protestiert gegen Ungerechtigkeiten aller Art. Sie haßt den „Kampf ums Dasein". Sie möchte die Welt in einen Blumengarten verwandeln, wo jedes Pflänzchen in dem ihm zuträglichen Erdreich liebevoll betreut und begossen wird.

Der Antipode der Atlasameise ist der Jäger. Sein Lebensgefühl verlangt danach, sich als Individuum zu fühlen, seine Einmaligkeit auszukosten. Er betrachtet die Welt als sein Jagdrevier, schaut das Leid, je nach Maßgabe seiner Phantasie, mit Anteilnahme, ohne sich verantwortlich zu fühlen. Er glaubt nicht an einen Fortschritt, denn ein Fortschritt beraubte ihn kostbarer Jagdgebiete. „Und dennoch hab' ich harter Mann die Liebe auch gefühlt" kann er für sich in Anspruch nehmen, weil er Jagdkameraden und Menschen seiner Neigung unterstützt. – Es müßte verhext zugehen, würde oder bliebe eine Atlasameise reich.

Bei anfallenden Gütern lädt sie sogleich andere Ameisen zu Tisch, bis ein Ausgleich stattgefunden hat. Der hundertprozentige Jäger scheut sich nicht, von den Gütern der Atlasameise zu zehren, während in seinem Stall die Kühe des Wohlstandes eifrig kalben.

Der Jäger kann tapfer, kühn, charmant und bezaubernd, vor allem kultiviert und klug sein. Sein Gesicht kann Weltweite spiegeln oder schlecht maskierte Gier. Oft ist ihm eine gewisse Bonhomie („Ich bin der Weltmann – Sie sind der Weltmann") eigen. Die Atlasameise kann von christusähnlicher Größe, kann aber auch von quälender Borniertheit und geiferndem Pathos erfüllt sein. Klug ist sie höchstens aus Versehen.

In den sozialistischen Kreisen sind keineswegs nur Atlasameisen zu Hause, in den kapitalistischen keineswegs nur Jäger. Jäger, die erschnüffelt haben, daß ihre Jagdgründe in sozialistischen Parteien „richtiger liegen", daß ihr Jagdtalent sich dort besser ausleben kann, verunglimpfen unsere Reihen. Ich sage verunglimpfen, weil Jäger nicht zu uns gehören.

Atlasameisen, von den Jägern in unseren Reihen abgeschreckt, flüchten sich in kapitalistische Kreise, in dem

Glauben, individuell mit Reinheit sozial wirken zu können – in Wohltätigkeit, als Christen.

Siehst Du, und hier setzt bei mir der unüberwindliche Demokrat ein. Da es diese Typen gibt (übrigens gibt es sie wie alle Typen nie in Reinkultur!), haben sie ein Recht, ihr Lebensgefühl zu realisieren. Sie sind da, und deshalb müssen sie ihrem Lebensgefühl entsprechend streiten. Ich lehne es ab, schwarz-weiß zu malen, weil ich mittels meiner Phantasie den Zauber freier Jagd begreife, freilich ohne die geringste · Versuchung, ihm zu erliegen.

Ich wünsche – mir wäre es anders, löschte ich mich selbst aus – den Sieg der Atlasameise. Ich bin auch überzeugt davon, daß die Atlasameisen sich vermehrt haben, daß das Zeitalter der Atlasameise im Kommen ist. Aber wie sollte ich es Jägern verübeln, daß sie ihr Jagdgebiet verteidigen! Wirklich zornig, ehrlich von Haß verzehrt bin ich nur gegen jene Jäger, die sich tarnen und in unseren Reihen wüsten Unfug stiften. Sie sind leicht zu erkennen. Alle, die statt der Menschlichkeit zu dienen, sklavische Vertreter einer Ideologie sind, die marxistischer sind als Marx – alle, die allzu schnell bereit sind, üble Taktiken zu konzedieren, um zum Ziel zu gelangen – alle, die ganze Generationen für die Zukunft hinschlachten wollen, sind nicht wahrhaftige Atlasameisen. Die Atlasameise sieht ihre Mitameisen nicht als Späne an, die abgehobelt werden dürfen. Ihr Herzsprüchlein:

Wir sagen immer links und rechts –
und meinen eigentlich Gut's und Schlecht's!

Es gibt antifaschistische Jäger, und Atlasameisen sind immer antifaschistisch. Ich gehe nicht so weit, zu behaupten, daß die Jäger alle Nazis waren und ihrem Sein nach Profaschisten. Das wäre eine häßliche Beleidigung für viele brave Jägersleute! Aber eines steht fest: Jäger können Nazis sein, Atlasameisen niemals. Faschistische Gesinnung hebt das Wesen der Atlasameise radikal auf.

Deinem Brief nach scheinst Du mir auch eine Atlasameise zu sein. Was trennt uns eigentlich? Nur Deine Klugheit – sie ist verdächtig jägerlich.

Helene

BERLINER
BRIEFE

− − − − − −

Dreizehnter Brief

Verüble es mir nicht, L i e b e r −

wenn ich gelegentlich wie im vorigen Brief vor mich
hintheoretisiere. Durch ein wenig Philosophatsch (Dein Wort − −
verzeih die Anleihe!) versuche ich, mich zu distanzieren.

Heute geht das nicht − das Distanzieren nämlich. Ich muß
Dir „zum Thema" schreiben, zu dem Thema, das wie ein verhaßtes
Gespenst aus jeder Haustür und jedem Fenster lugt, das von
unzähligen Menschen, als sei es ein süßes Wickelkind, auf dem
Schoß getragen und gefüttert wird, zu dem Thema: Krieg!

So harmlos ist das Spiel zwischen Ost- und Westblock,
das Deutsche zu neuer Achsen-„Strategie" anregt, nicht. Es ist
ein böses Spiel. Es gipfelt darin, daß der Krieg unvermeidlich
sei, der Krieg zwischen Rußland und den Westmächten, der
Krieg zwischen Kapitalismus und Sozialismus − Ströme von
Blut, zerschmetterte Arbeit, zertrümmerte Städte, verstümmelte
Glieder, hungernde Kinder, ermordete Kinder!

Ich weiß, daß Du es weißt. Ich weiß, daß Du genau
wie ich siehst, was Krieg bedeutet. Ich brauche es Dir nicht zu
zitieren:

> „Was sollt' ich machen, wenn im Schlaf mit Grämen
> und blutig, bleich und blaß
> die Leichen der Erschlagnen zu mir kämen
> und vor mir weinten − was?
> Wenn tausend tausend Väter, Mütter, Bräute
> so glücklich vor dem Krieg,
> und alle elend, alle arme Leute −"

Nein, das bist Du unserer gemeinsamen Jugend schuldig, daß Du nicht wie andere fröhlich das Feuer schürst.

Ich kenne keine anderen Länder, keine anderen Völker; ich weiß nicht, wie einem im englischen Nebel zumute ist, ich weiß nicht, wie Südfrankreichs Weine schmecken, ich habe noch keinen russischen Samowar singen hören, noch habe ich Mrs. Smith in einem New-Yorker Wolkenkratzer gesucht. Meine politische Naivität erfährt noch ihre besondere Einengung durch die Nabelperspektive eines weltabgeschnitten aufgewachsenen Deutschen. Ich kann nicht mitreden in der großen Politik, ich verstehe sie überhaupt nicht. Ich fühle nur die Katzenmusik ihrer Unmenschlichkeit und erlebe, wie die Deutschen mit aller Macht ihres Ressentiment-Behagens die falschen Töne greifen, anstatt den Vollklang eines harmonischen Akkordes zu suchen.

Wenn wir als Kinder vom Weltkrieg erzählen hörten, von den vier hoffnungslosen Jahren im Schützengraben, von den Nöten der Daheimgebliebenen, von dem müd-rissigen Nachhausetrotten des geschlagenen Heeres, wir hörten es an wie eine schauerliche Mär, etwas, das niemals wieder geschehen könnte!

Es ist auch gar nicht wahr, Hans, das mußt Du nicht glauben, daß 1939 „die Deutschen" kriegsbegeistert gewesen wären. Vielleicht junge Toren, Nazifanatiker. Aber bei Kriegsausbruch herrschte in Berlin lähmendes Entsetzen der Erinnerung. Ich besinne mich darauf, wie uns – jämmerlich genug, daß uns nichts anderes eingefallen ist! – der Schrecken, die Panik von einer Kneipe, einer Bar in die andere trieben, wo wir überall das gleiche fanden: bleiche, entsetzte Menschen, die tranken, tranken, tranken! Und je mehr sie tranken, desto mehr löschte die Furcht aus, diese Geißel der Sklaven, desto

öffentlicher brandmarkten sie die Politik der „alten Koschwitz"
(ein Spitzname für Hitler) – vor der Herrentoilette in einem Lokal
stand der ebenfalls betrunkene Groscheneinsammler und brüllte
zu allen Gästen hin: „Sechs Jahre Sch ..., nischt als Sch ... und nu
rin in die Sch ...!" Und heute? Nicht wenig Deutsche sagen Dir
ruhig und nahezu fröhlich, daß der Krieg nach der Ernte anfinge!
Sie weiden sich an den internationalen Spannungen, sie blinzeln
zu den Atombomben hin, als seien sie die liebe Morgensonne!

Am Schlesischen Bahnhof kriecht ein Wesen das einmal
ein Mensch gewesen ist, auf verstümmelten Beinen umher,
bewegt sich grausig-grotesk auf seinen Kniestümpfen. Ungezählte
Männer humpeln hungrig und grau durch ihr vergreistes Leben.
– Frauen stehen sinnlos in leeren Zimmern, werden häßlich und
lieblos, weil es keinen Sinn hat, daran zu denken, daß sie auch
anders sein können.

Die Beziehung zum Leben ist fragwürdig geworden, als
hätte man keine Angst mehr vor dem Tode, im Gegenteil, als
herrsche eine Todessüchtigkeit. Das mag mit einer der Gründe
sein, warum ein neuer Krieg nicht erschreckt.

Neulich erlebte ich in der Straßenbahn, daß ein alter
Mann tot umfiel. Früher hätte es so ausgesehen: das blühende
Leben wäre vor dem memento mori furchtsam erbleicht. Hier
war es ganz anders. Wie gelbe Pfeile von Neid schossen die
Blicke auf das verstorbene, graue Häuflein Mensch. Als hätte er
ein großes Eßpaket vor Hungrigen ausgebreitet – so sahen sie
ihn an. „Der hat's hinter sich!" sagten sie aus vollem Herzen.
Herzen, erfüllt von Müdigkeit und Todessehnsucht.

Ich erschrak, weil ich mich selbst aus dem gleichen
Gefühl herausfangen mußte. Der gelbe Neid hatte mich ebenfalls.
Das ist doch etwas Krankes, mein Lieber – was soll aus einem

Volk werden, wenn die Todessehnsucht das Lebensgefühl bedeutet?

Daß die Berliner unermüdlich mit Rucksäcken voll Kartoffeln oder Gemüse oder Holz die Verkehrsmittel versperren, daß sie Zettelchen an Bäume mit Tausch-, Kauf- und Verkaufswünschen schlagen, spricht eigentlich für einen unbesiegbaren Lebenswillen. Aber sieh Dir' die Gesichter an: sie treiben emsig Jagd, und sie haben es furchtbar satt, dies mühsame, ums Kleinste gierende Leben! Diese Jagd, diese Hoffnungslosigkeit hinter sich zu bringen – das ist die Sehnsucht!

Wie kam die große Feigheit, denn nichts anderes ist Lebensfeindlichkeit, über uns? Unsere physischen, unsere moralischen Kräfte sind abgenutzt, verbraucht durch zwölf Jahre Nazismus und Krieg, durch den Zusammenbruch, der jedes Menschen Hoffnungen – war er Nazi oder Antifaschist – zerschlug. Psychologisch haben die Nazis uns gegenüber einen weiten Vorsprung. Während der zwölf Jahre fühlten sie sich glücklich, sie glaubten an einen Sieg ihrer Sache, sie nutzten ihre Möglichkeiten, sie waren, auch moralisch, an der Macht. Ihre Wehen begannen erst ab Stalingrad – unsere begannen 1933. Wir witterten ab Stalingrad Morgenluft und ernteten den Erstickstoff, daß der Erzengel Michael – Ich habe es Dir in meinem zweiten Brief beschrieben. Die Nazis leiden nicht wie wir an der Nachkriegszeit, sie leiden höchstens physisch. Sonst lachen sie sich ins braune Fäustchen.

Ach, manchmal, wenn man in dem ganzen Krausen, in den irrsinnigen Sackgassen der Politik irrt, packt es einen wie Hohn und Wahnsinn an: „Und Ihr habt doch gesiegt!"

„So weit sind wir schon wieder gekommen", mein Lieber, daß in den Hintergründen der Parteien die faulige Losung ausgegeben wird, man solle den Antinazikurs mildern, weil sie es ja doch nicht hören wollen, und so käme man nicht voran! Ich will die Partei, von der ich genau weiß, daß es so ist, nicht nennen, weil ich sehe, daß es bei anderen Parteien nicht anders ist. Und unsere Parteien sind alle miteinander unaufrichtig genug, sich Taktiken vorzuwerfen, die sie selbst allzu gern anwenden.

Das stärkt nicht unseren Lebenswillen. Wir sind mürbe und müde und matt. Wir sind unserer selbst überdrüssig geworden, unserer Bedürfnisse, die die Seelenkräfte überwuchern, unserer Schwächen und Denkfehler, unserer Gefühle. Wir sind nicht mehr imstande, einen Hügel herunterzulaufen und einfach tief Atem zu holen. Wir schütteln uns vor unseren eigenen Krisen, vor den Maulwurfshügelfragen unseres Privatlebens! Wir sehnen uns wie noch niemals nach menschlicher Wärme und weichen einander gereizt aus. Wir müssen danach trachten, den Mord am keimenden Leben zu legalisieren, weil die lebenden Kinder uns schon Mörder nennen! Ach, unser innerstes Leben ist auf das Kreuz des Allgemeingeschehens aufgespannt wie der schmerzverzerrte Christus! Wir sind „erfaßt", unsere Gesinnungen sind unsere Verbiegungen!

Ja – Hans – das ist Nachkrieg! Das ist unser Nachkrieg! Und jetzt nach dieser Mitternacht, die nicht aufhört, eine Mitternacht ohne Stern zu sein, sollen wir glauben, daß ein neuer Krieg Besseres bringe?

Es gibt jetzt keinen Krieg, der Probleme löst und Fragen klärt! Ein Sieg bringt keine Reformation, sondern eine Deformation!

Sind die Menschen denn noch immer nicht so weit, zu schreien: Nie wieder! Die einen, die meisten Deutschen, wollen durch neue Gewalt die alte Gewalt rehabilitieren. Dann können sie ja nach Nürnberg ziehen, können die Verbrecherleichen mit Lorbeer beschütten und in jubelnden Ehren bestatten! Andere wieder sind mürbe und matt, nicken stumpf, anstatt sich aufzulehnen: „Na ja – kommt ja wieder Krieg –, die können sich nicht einig werden."

Sie werden wie Schafe in der Herde ziehen, und wenn sie vor irgendeinem Thron zur Verantwortung gezogen werden, dann heißt ihre Rede: „Wir mußten doch –" Sie sind todessüchtig, aber ganz passiv. Sie haben keine Ideen, um die sich ihnen zu sterben lohnte!

Gibt es auch – gibt es überhaupt noch Ideen, die nicht Farce geworden wären, die nicht Waffen in den Händen Krimineller geworden sind – unheimliche, wurmhaft gekrümmte, spitze Waffen?

Dulce et decorum wäre es, ließen sich, wenn es anfiele, Menschen für Kriegsdienstverweigerung erschießen!

Oh, diese Zuträger reaktionärer Machthaber, die von einem gerechten Kriege schallend flüstern, anstatt sich zu wehren: wir wollen nicht mehr! Diese Dienstbaren, die gebraucht werden, aber nicht gefragt, die bezahlt werden, aber keine Stimmen haben, die sich in Artikeln nach Weisung spreizen und stolz auf ihre Abhängigkeiten sind! Heimlich zittern sie in ihren jetzt noch daunenweichen Betten, ob sie sich richtig gelegt haben! Vielleicht schaffen sie sich schon die Verbindungen, sich ent – – fizieren zu lassen!

Wenn es zum Kriege zwischen Ost und West kommt, was Gott durch den Arm Millionen arbeitender Menschen verhüten möge, dann sind die Folgen unausdenkbar!

„Der Untergang des Abendlandes", dieser Spuk eines widerwärtigen Kulturpessimisten, wird dann ein Rosengemälde gegen die Wirklichkeit sein.

Die Prohumanitären in Deutschland wissen und sprechen es aus, daß sie von der Niederlage Gnaden den Mund auftun dürfen, daß ihre Meinung nicht vom Volke ist! Wie viele Deutsche sind nicht bereit, ihre Schuld zu sehen, heute nicht bereit, sich die Leiden eines Krieges zu vergegenwärtigen. Wird ein Krieg, dann triumphiert wiederum jenes Böse, das Macht über Menschlichkeit stellt. Dann braucht keiner mehr seine Seele an Farben zu verkaufen, dann hat der Seelenausverkauf bereits stattgefunden.

Und Deutschland – einmal möchte ich doch Patriot sein – wird die blutigste Wunde werden, verbluten, sterben, endgültig.

Es ist kein Grund zu einem Krieg – es ist kein Grund bei all den Schichten aller Völker, die ihn auszutragen haben und die von ihm zerschmettert werden. Aber Grund ist bei denen, die am Blut des Arbeiters verdienen und ihre „Privatinitiative" herrlich ausleben wollen! Sie wollen miteinander wirtschaftskriseln und sich mit Trustpfeilen neue Jagdgebiete erschießen! Grund ist bei den Faschisten, die nach dem Augenblick lechzen, wo wieder nicht die ehrliche Arbeit, sondern der Militarismus eine öffentliche Sache ist!

Die Zeitschriften, die Du mir geschickt hast, – Hans – in Frankreich, in Zolas Land, finden wir heut Stimmen einer harten, wahrhaftigen Friedensliebe. Sie sprechen es aus: Kriege werden immer verloren!

Wo bleiben diese Stimmen in Deutschland? Wo bleiben die unabhängigen Stimmen in Deutschland? Wo bleiben die Prohumanitären, die zwar erkennen, daß Politik bislang ein Mächtespiel ist, daß sie aber etwas anderes werden muß. Wo sind die Menschen, die aus ihrer Schuld heraus dazu gewachsen sind, in alle Zukunft zu bekennen und ihren Mut durch das

Martyrium zu besiegeln, wenn es nicht anders sein kann? Das ist ja eine der Ursachen unserer Lebensmüdigkeit, unserer Todesbereitschaft, daß wir versäumten, das Leben einzusetzen!

„Und setzet ihr nicht das Leben ein,
nie wird euch das Leben gewonnen sein!"

Nie wieder die geringste Konzession an eine ungerechte Sache! Nicht aus Sentimentalität, nicht aus Vorurteilen haben wir Nazi-Deutschlands Niederlage gewünscht. Legen wir uns heute den Kriegstreibern zu Füßen, dann hätten wir ruhig gleich Faschisten sein können! Wozu noch Tränen an den Gräbern unserer Freunde, wenn wir bereit sind, neue Gräber zu schaufeln? Warum verfolgen uns die Augen der Waisenkinder in aller Welt, warum schrecken wir aus unserem nicht verdienten Schlaf, wenn wir die Stimmen der Elenden, der Verschleppten, der Heimatlosen jammern hören? Warum verwahren wir uns gegen Gaskammern, wenn uns die „gesunde Dezimierung der Menschheit" durch Atombomben nicht erschreckt?

Wir haben Schulden gegen alle, wir haben Schuld gegenüber allen, aber die größte Schuld und Verantwortung uns selbst gegenüber. Wir finden Werte in allen Völkern, auch in unserem Volk. Wir sagen allen Völkern Dank, die uns helfen. Wir haben zu befolgen, was ein Kontrollrat uns auferlegt. Aber unsere Sprache sei: Frieden ja – Krieg nein! Was darüber ist, ist vom Übel!

Wir haben einen Krieg verloren, und an unsrem eigenen Leibe sollte uns die Erfahrung aufgegangen sein: wir wollen niemals einen Krieg gewinnen!

Geht eine Macht zum Angriff über – allerdings! Dann wäre es zu spät! Gegen einen Angriff hilft nur das Wehren. Wer aber einen Krieg anstiftet, ist ein Verbrecher gegen die Menschlichkeit – wer die geistigen und materiellen Voraussetzungen für einen Krieg mit schafft, ist ebenfalls ein Verbrecher, auch wenn er den längst zur Dirne gewordenen Begriff Freiheit im Munde führt.

Es gibt nur eine Freiheit, die Recht auf Verwirklichung hat: die Freiheit, zu lernen und zu arbeiten für alle, zu dem Ziel, daß alle lernen und arbeiten können!

Deutschland, das heute wenig auszurichten hat, könnte doch eines: Anstatt zu applaudieren, wenn die Alliierten uneins, sind, anstatt die Gegensätze auf unserem Boden, einseitig liebedienernd, zu vertiefen – nur dann zu applaudieren, wenn sie sich einigen!

Mit der Rückendeckung ihrer jeweiligen Besatzungsmacht treibt die deutsche Presse heute Außenpolitik, die ihr schlecht ansteht! Mit Gewalt löst man keine Konflikte. Der Erzengel Michael streitet nicht mit den Waffen dieser Welt. Wer mit den Waffen dieser Welt streitet, will Land, will Geld, will Macht!

Die Deutschen sollten – die Berliner sollten – ins „Haus der offenen Türen" gehen, ins Haus der Kultur der Sowjetunion. Sie sollten einem Roosevelt die Verehrung zollen, die ihm gebührt – ebenso denen, die seinem Geist nachfolgen. Sie sollten sich aus Todessüchtigkeit herausarbeiten, begreifen, daß überall Mütter mit kleinen Kindern leben.

Was tut sich statt dessen? Oh – sie wälzen sich behaglich in ihren trostlosen Negationen! Sie freuen sich darüber, daß „die anderen nicht besser sind", sie sind stolz auf ihre Blödigkeit, „nichts gewußt" zu haben und noch stolzer auf ihre Bereitschaft zur Blödheit „nichts davon wissen zu wollen". Während in anderen Ländern die Intellektuellen und die Künstler einen Schritt vorausgehen, in klärende Zukunft, ist es bei uns noch immer so, daß man sich bei „anständigen Leuten" verteidigen muß, wenn man sich mit Politik beschäftigt! Das ist nicht „tief", das ist nicht „reif" – da hat man „darüber zu stehen" – und wenn einen auch in Wirklichkeit der Schlamm bis zum Scheitel erstickt.

Ein Großteil der Jugend, die in Deutschland immer dazu geneigt hat, reaktionär und gehorsamsblind denkfaul zu sein, steht heute wieder in Reih und Glied im Lager der Unpolitischen, und sie wird von vielen so liebevoll darin verstanden, daß sie sich nicht zu rühren braucht! Erich Kästner legt ihr das Verslein in den Mund:

> „Wir hatten falsche Ideale?
> Das mag schon stimmen – bitte sehr!
> Doch was ist jetzt? Mit einem Male
> da haben wir selbst die nicht mehr!"

Ich halte es nicht für richtig, der Jugend ein solches „Bitte sehr!" zu gestatten. Auch nicht, beiseite zu stehen und übelzunehmen, daß die Konsequenzen der Nazipolitik unser Leben verdunkeln. Licht wird nur, wenn wir es selbst anzünden! Wir haben alle immer und zu allen Zeiten „falsche Ideale" gehabt und richtige Stimmen in uns. Wir dürfen alle nicht „bitte sehr" dazu sagen.

Wie viele Voraussetzungen im deutschen Volkscharakter zum Nazismus erkenne ich jetzt erst! Diese masochistische Lust, sich als wehrloses Treibholz zu fühlen – diese Überheblichkeit im Aburteilen anderer Völker – dieses zweierlei Maß! Heute entrüsten sie sich über Schlesien und Ostpreußen (womit ich meine Trauer nicht verleugnen will) – aber als sie die Welt erobern wollten, galten ihnen die Grenzen nichts!

In meinen ersten Briefen habe ich Dir geschildert, wie mangelhaft vorbereitet das Kriegsende mich traf, wie ich an die Erlösung glaubte, „Jetzt wird alles gut". Was ahnte ich damals von den Schwierigkeiten der Umerziehung, was ahnte ich von der Wirklichkeit geistiger Trümmer, was von Gegensätzen zwischen Ost und West! Weil es sie in mir nicht gab, fürchtete ich sie nicht.

Und auch meine Angst, meine eigene Angst, habe ich nicht vorausgesehen, weil ich damals das Ausmaß meiner Mitschuld nicht begriffen hatte. Ich habe Angst, ich könnte nicht scharf genug denken, nicht klar genug sehen und nicht richtig handeln. Nicht etwa im Sinne von „richtig liegen" – um Gottes willen! Meine Angst bezieht sich auf die Verantwortung, die jeder von uns trägt. Jeder – für die anderen.

Nein, Hans – ich glaube, ein Christ bin ich nicht mehr. Mich bewegt allein das Golgatha meiner Mitmenschen. Ich mühe mich, nicht einzuschlafen, um der Klage zu entgehen: Nicht eine Stunde konntest du mit uns wachen! Die Stunde ist immer – und das Golgatha auch.

Nach diesem Brief, der wie kein anderer zusammengefaßt hat, was mich erschüttert, quält und vorwärts treibt, ist es mir zumute, als hätte ich einen Felsblock den Berg heraufgeschoben, in mühseligen Stößen.

An Dich konnte ich alles so offen schreiben. Wenn ich fürchten müßte, meine Ausführungen fielen einem Alt- oder Neu-Nazi in die Hände, ich hätte manches verschwiegen oder vorsichtiger ausgedrückt, um nicht: denen Waffen zu reichen, die tückisch anfallen, was zu erstreiten wir nicht aufgeben können: das menschenwürdige Leben!

H e l e n e

BERLINER
BRIEFE
Susanne Kerckhoff

– – – – – – – – – –

NACHWORT

– – – – – –

Berlin, Mai 2021

Aber siehst du, hier ist keine Liebe, keine Größe

Als im Frühjahr 2020 die erste vollständige Wiederveröffentlichung der *Berliner Briefe* erschien, wurde der ursprünglich 1948 im Berliner Wedding-Verlag publizierte schmale Briefroman von Susanne Kerckhoff von der Kritik als „literarische Sensation" und „Wunder" gefeiert und hatte dementsprechend Erfolg.

Davon zeugt nicht nur die derweil 5. Auflage der beim *Verlag Das Kulturelle Gedächtnis* erschienenen Hardcover-Ausgabe, sondern auch das jetzt vorliegende Taschenbuch, mit dem nun noch mehr Leserinnen und Leser diesen literarisch hochstehenden und für die Erinnerungskultur in Deutschland so wichtigen Text werden lesen können.

Was aber nicht heißt, dass es nicht schon früher Versuche verschiedener Publizistinnen und Literaturwissen-schaftlerinnen gegeben hat, auf das Werk Susanne Kerckhoffs aufmerksam zu machen. Von besonderer Bedeutung war diesbezüglich das Engagement Monica Melcherts*, die sich als eine der Ersten eingehend mit der Autorin und ihren Büchern beschäftigt und sehr genau herausgearbeitet hat, wie bedeutend und gleichzeitig inkohärent und unvollendet ihr Werk eigentlich gewesen ist.

---

* Monica Melchert veröffentlichte 2003 unter dem Titel: *Vor Liebe brennen* eine Auswahl von Susanne Kerckhoffs Lyrik und Prosa und publizierte in mehreren Abhandlungen ihre Forschungsergebnisse über Leben und Werk der Autorin.

Zu schreiben begonnen hat Susanne Kerckhoff bereits als Jugendliche. 1935, da war sie siebzehn Jahre alt, wurde ihr erstes Gedicht in einem Magazin veröffentlicht, und bereits zwei Jahre später gewann sie ihren ersten Preis als Autorin. Prämiert wurde von der illustrierten Frauenzeitschrift *Die Dame* ihr Gedicht *Sterben*, und in der Ausgabe, in der dieses Poem seinerzeit abgedruckt wurde, findet sich in Form einer biografischen Notiz auch das erste öffentliche Selbstzeugnis von Susanne Kerckhoff.

„Im letzten Kriegsjahr wurde ich in Berlin geboren. Mein Vater war der Schriftsteller Walther Harich, der vor sechs Jahren starb. Meine Mutter ist die Cembalistin Eta Harich-Schneider. Ihr verdanke ich vor allem die ersten literarischen Eindrücke, die Bekanntschaft mit Jean Paul und Brentano, die mir auch heute noch – neben Goethe – die liebsten Dichter sind. Bei Brentano besonders ist es der Zusammenklang von Wort und einer inneren Musik, der mir seine Verse so wert macht. Vorige Ostern habe ich das Abitur gemacht und dann geheiratet."

Von diesen sehr unterschiedlichen literarischen Vorbildern ist bis auf einige epigonal wirkende Klangfarben in den drei seichten, völlig unpolitischen und wenig bemerkenswerten Romanen, die sie zwischen 1940 und 1944, also inmitten der Diktatur, geschrieben hat, wenig zu spüren. Kerckhoffs Stern geht erst nach 1945 auf, und das hat nicht nur mit dem Ende des Dritten Reiches zu tun. In den wenigen Jahren, die ihr bis zu ihrem Freitod im Jahr 1950 bleiben, sucht und findet sie ihre Themen in den Wirren der unmittelbaren Nachkriegszeit, der sich abzeichnenden Teilung Deutschlands und der Konsolidierung beider deutscher Staaten, aber auch in den Veränderungen und Verwerfungen persönlicher Natur, die damit einhergehen. Sie fühlt die Verantwortung, den gesellschaftlichen Neuanfang mitzugestalten und kompromisslos die notwendigen Lehren aus der jüngsten Vergangenheit zu ziehen. Sie setzt sich mit dem Geschehenen auseinander, ringt um den politisch richtigen Weg, tritt zunächst in die SPD ein und wendet sich dann der SED zu. Und auch ihr Privatleben ändert sich in dieser Zeit des allgemeinen Umbruchs grundlegend. Dazu gehört ihr Umzug nach Ost-Berlin, ihre Scheidung von dem Buchhändler Hermann Kerckhoff sowie eine Liebesbeziehung, die sie zu dem Publizisten und späteren Politiker Georg Stibi unterhält. Auch die schmerzliche Trennung von ihren drei Kindern, die sich manifestiert, als ein Gericht in Westdeutschland ihrem Mann das Sorgerecht zuspricht, fällt in diesen Zeitraum.

Parallel dazu etabliert sie sich als Journalistin. Ab 1947 arbeitet sie für das Satiremagazin *Ulenspiegel*, und von 1949 bis zu ihrem Tod ist sie für das Feuilleton der *Berliner Zeitung* tätig, zu deren Feuilletonchefin sie bald aufsteigt. Und auch die Schriftstellerin Susanne Kerckhoff erfindet sich neu, nachdem sie ihr bisheriges Schreiben einer kritischen Rückschau unterzogen hat und zu der Erkenntnis gelangt:

„Getrost, obwohl der modische Kulturmensch heutzutage auf selbst gestohlenen Kothurnen stelzt, greife ich meine eigene Arbeit an und stelle fest, daß vieles veröffentlicht wurde, ohne streng genug gearbeitet zu sein, daß ein großer fortschrittlicher Themenkreis in Hast verniedlicht wurde, daß Gedichte gedruckt wurden, in denen Bilder einfach nicht stimmten."

Die Lyrik und Prosa Kerckhoffs beginnt sich zu verändern. Beides wird politischer, dringlicher, stringenter und zunehmend besser, auch wenn die Literarizität zuweilen unter der Fülle der in Worte gefassten politischen Anliegen leidet und zunächst das ein oder andere sprachlich noch etwas zu geschraubt und betulich daherkommt.

Das gilt auch für den 1947 veröffentlichten Roman *Die verlorenen Stürme*, der zwar immer noch einige literarische Schwächen aufweist und die Jahrzehnte weniger gut überstanden hat als die *Berliner Briefe*, aber dennoch als Roman über jugendlichen Widerstand im Dritten Reich ein seltenes literarisches Zeugnis ist und schon deshalb gelesen werden sollte. Wozu Gelegenheit besteht, denn auch dieser Roman wird im Herbst 2021 im *Verlag Das Kulturelle Gedächtnis* neu aufgelegt werden.

Ihr bestes Werk sind aber unbestritten die *Berliner Briefe*: dieser hochpolitische, gut beobachtete, analytisch überzeugende und gleichermaßen starke wie verletzliche Text, der in einer Weise Zeugnis über die Zeit seiner Entstehung ablegt, die uns als heutige Leserinnen und Leser mehr über sie verdeutlicht und begreifbar macht, als jedes mit Fakten gesättigte Geschichts- oder Sachbuch es vermag. Sie beschreiben in einzigartiger Weise den Verlust der moralischen Integrität der Deutschen, ihre Schuld an den Verbrechen des Nationalsozialismus, und sie behandeln die Frage der daraus resultierenden geistigen Neuorientierung. Die Briefe kommen ohne viele Erklärungen aus, und was verhandelt wird, erschließt sich beim Lesen unmittelbar, denn in ihnen offenbart sich nicht nur eine präzise Zustandsbeschreibung, sondern sie bieten auch einen moralischen Kompass für die damals drängenden Fragen, die sich aber, das macht sie heute so lesenswert, auch auf die Gegenwart anwenden lassen.

Gleichwohl stellen sich beim Lesen viele Fragen, denn die unmittelbare Nachkriegszeit und die gesellschaftliche Verfasstheit im Deutschland jener Tage ist für uns heute eine sehr viel größere Leerstelle als die Zeit der Weimarer Republik oder die des Dritten Reichs. Wir wissen wenig über diese eigentlich so bedeutende Frühphase Ost- und Westdeutschlands, und das, obwohl wir uns dreißig Jahre nach der Wiedervereinigung immer noch über ost-westliche Mentalitätsunterschiede, nicht verheilte Kränkungen und unüberwundene Ängste wundern. Ein Stück weit liegt das an dem an Geschichtsklitterung grenzenden Wirtschaftswundermythos der Bundesrepublik und dem teilweise verlogenen Gründungspathos der DDR. Beide bestimmen immer noch das Geschichtsbild der Deutschen. Hinzu kommt bei der älteren Generation die Erinnerung an die ideologischen Grabenkämpfe zwischen Ost und West, die im Kalten Krieg mündeten und neben den großen politischen Zusammenhängen das Denken jedes Einzelnen beeinflussten.

Allem voran in Berlin, wo der Streit zwischen Ost und West nicht nur in der Politik und in den Redaktionsstuben der West- und Ostberliner Rundfunkanstalten und Zeitungshäuser auf allen Ebenen geführt wurde, sondern bis ins kleinste Glied seine Wirkung entfaltete und auch im Freundeskreis oder der eigenen Familie gehörig wütete.

Stephan Hermlin hat im August 1961 einige Aspekte dieser Berliner Zustände in einem offenen Brief – den er an Günter Grass und Wolfdietrich Schnurre richtete und mit dem er den Mauerbau zu verteidigen versuchte – auf interessante Weise geschildert.

„Das Unrecht vom 13. August? Von welchem Unrecht sprechen Sie? Wenn ich Ihre Zeitungen lese und Ihre Sender höre, könnte man glauben, es sei vor vier Tagen eine große Stadt durch eine Gewalttat in zwei Teile auseinandergefallen. Da ich aber ein

*ziemlich gutes Gedächtnis habe und seit vierzehn Jahren wieder
in dieser Stadt lebe, erinnere ich mich, seit Mitte 1948 in einer
gespaltenen Stadt gelebt zu haben, einer Stadt mit zwei Währungen,
zwei Bürgermeistern, zwei Stadtverwaltungen, zweierlei Art von
Polizei, zwei Gesellschaftssystemen, in einer Stadt, die beherrscht
[wird] von zwei einander diametral entgegengesetzten Konzeptionen
des Lebens. Die Spaltung Berlins begann Mitte 1948 mit der
bekannten Währungsreform. Was am 13. August erfolgte, war ein
logischer Schritt in einer Entwicklung, die nicht von dieser Seite
der Stadt eingeleitet wurde.*"

Bei aller ideologischen Voreingenommenheit schildert
Hermlin hier sehr genau die unsichtbare Grenze, die Berlin
schon lange vor dem Mauerbau teilte.

Susanne Kerckhoff, die aus einer bürgerlich-intellektuellen
Westberliner Familie stammte, überschritt eben jene unsichtbare
Grenze, als sie 1945 aus der SPD austrat und 1948 schließlich in
die SED eintrat, um sich politisch und kulturpolitisch aktiv zu
betätigen: aus Überzeugung, aber nicht ohne Zweifel.

Sie wollte sich einmischen: deutlich vernehmbar
sein, streitbar, aufrichtig und unbequem die richtigen und
wichtigen Fragen stellen und mit den Gleichgesinnten, den
„Prohumanitären" – wie sie ihre Mitstreiterinnen und Mitstreiter
im Geiste nannte – den schon beschriebenen Neuanfang wagen.

Dies nicht, indem die Vergangenheit einfach
beiseitegeschoben wurde wie die Trümmer in den Straßen der
Stadt, sondern auf Grundlage einer eigenen Bestandsaufnahme,
die das individuelle wie das kollektive Handeln während der
Jahre 1933 bis 1945 schonungslos offenlegte und die Bereitschaft
zum Schuldeingeständnis als Voraussetzung für diese Erneuerung
anerkannte.

Susanne Kerckhoff mag sich immer wieder auch in Widersprüche verstrickt haben, doch ging es ihr um nicht weniger als um eine ungeschönte Selbstbefragung ihrer Person und aller Menschen in Deutschland hinsichtlich der während des Nationalsozialismus verübten Verbrechen. Diese Ehrlichkeit und die moralische Rigorosität und Unabdingbarkeit, mit der sie nach Antworten gesucht hat, macht sie zu einer moralischen Instanz. Und sie war der Grund dafür, dass sie schließlich als Feuilleton-Chefin der *Berliner Zeitung* in Ungnade fiel und Opfer eines von Männern dominierten politischen Ränkespiels wurde, an dem neben dem bereits erwähnten Stephan Hermlin, auch Paul Wandel (zu der Zeit DDR-Minister für Volksbildung), Walter Ulbricht, ihr Halbbruder Wolfgang Harich und der erste Ministerpräsident der DDR, Otto Grotewohl, beteiligt gewesen sind.

Was führte zu der zeitweiligen Allianz dieser einflussreichen Männer? Vordergründig ein „Offener Brief an Nico Rost", den Susanne Kerckhoff im Oktober 1949 in der *Berliner Zeitung* veröffentlicht hatte. Darin hatte sie dem jüdischen, aus den Niederlanden stammenden Schriftsteller und Dachau-Häftling Nico Rost vorgeworfen, er habe durch sein im Herbst 1948 auf Deutsch im Verlag Volk und Welt erschienenes Buch *Goethe in Dachau* antipolnischen Ressentiments Vorschub geleistet, indem er polnische Häftlinge und Kapos in ein schlechtes Licht gerückt und damit seiner „Feindseligkeit gegenüber dem polnischen Volk" Ausdruck verliehen habe. Ein Vorwurf, der Stephan Hermlin zu einer sehr polemischen und im Ton bewusst verletzenden Gegenrede in der Täglichen Rundschau provozierte und Nico Rost zu einer Erklärung veranlasste, in der er die Anschuldigungen als unbegründet zurückwies.

Interessanter als das Für und Wider dieser heftig geführten Debatte genauer zu betrachten, ist aber die Frage, wie ein solch vielleicht tatsächlich etwas schief geratener und auch ungerechtfertigter Vorwurf, wie ihn Susanne Kerckhoff publizierte, dazu führte, dass eine erfolgreiche Journalistin und hoffnungsvolle Schriftstellerin systematisch kaltgestellt wurde, von unter anderem eben jenen oben genannten Männern. Sie wollten sich so einer Kritikerin entledigten, deren apodiktisches Denken nicht nur an ihrer eigenen antifaschistischen Hybris nagte, sondern ganz offen die Widersprüche aufzeigte, die eine unter Stalins Machteinfluss stehende Staatsgründung provozierte. Und die Kontroverse um *Goethe in Dachau* mag ein geeigneter Vorwand dafür gewesen sein. Zugleich witterten sie womöglich weitere Gefahr, weil Susanne Kerckhoff jung war und für Teile ihrer Generation zu sprechen vermochte, die der Elterngeneration ihr Versagen aufzeigte und vorwarf, auch wenn sie sich von dieser Kritik selbst nicht ausnahm. Bezeichnend dafür ist ein von Susanne Kerckhoff überliefertes Zitat, das einer von ihr gehaltenen Rede auf dem Ersten Deutschen Schriftstellerkongress im Oktober 1947 entstammt:

„Und ich glaube, wir sind uns doch eigentlich alle im wesentlichen darüber klar, wie wir darunter leiden, daß wir nicht das Wort gefunden haben, daß wir nicht illegal gekämpft haben – die, die es eben nicht getan haben. Und diese Scham, die so furchtbar ist, und uns zu einer Verzweiflung führt, die sagt uns, daß wir heute auf jeden Fall wachsam sein müssen, eine Art Widerstandsbewegung, – nicht nur über die Widerstandsbewegung zu schreiben, auf die wir stolz sind, sondern auch selbst eine Art Widerstandsbewegung sein gegen alles Unrecht und furchtbar

darauf aufpassen, daß uns das nicht wieder passiert, daß wir uns so schämen müssen.“

Diese Scham empfand sie, weil Hitler und der Nationalsozialismus durch die liberalen und bürgerlichen Milieus nicht verhindert, sondern durch eigenes Verhalten oder, besser gesagt, Nicht-Verhalten, mit ermöglicht wurden. Aber vor allem rührt diese Scham daher, der Verfolgung und Vernichtung der Juden nicht entschlossen genug entgegengetreten zu sein.

Und dies, obwohl ihre Familie und auch sie ganz persönlich sich für Juden eingesetzt haben. Susanne Kerckhoffs Mutter hat beispielsweise Berufskollegen geholfen, die von den Nazis angefeindet wurden. Einer davon war der bekannte Komponist Paul Hindemith. In ihrer Autobiografie *Charaktere und Katastrophen* (1978) zitiert Eta Harich-Schneider einen Brief von Susanne Kerckhoff. Geschrieben hat sie ihn am 28. April 1946 an die zu dieser Zeit in Japan lebende Mutter. Darin nimmt sie auf Ereignisse im Jahr 1943 Bezug:

„Mary Levy, eine Jüdin, die getaucht war, haben wir aufgenommen und hier bei uns wohnen lassen, mit Ausweis versehen – dann ist sie doch abgeholt worden und ins KZ Auschwitz gekommen. Und nun ist sie nicht zurückgekommen, muß also wohl in der Gaskammer geblieben sein.“

Es sind solche Erlebnisse, die Susanne Kerckhoff geprägt und ihr späteres Denken und Handeln bestimmt haben. Monica Melchert hat in einem Aufsatz über Susanne Kerckhoff geschrieben:

„Susanne Kerckhoff war kein Mensch für sture Parteidisziplin. Sich unterordnen konnte sie nur dort, wo sie vom Sinn einer Sache absolut überzeugt war. Ihre Rigorosität in vielerlei Hinsicht kommt auch zum Ausdruck in der Frage der

weiblichen Emanzipation. Sie war gerade nach den Erfahrungen des Kriegserlebnisses und der erkannten Schuld Deutschlands einfach nicht mehr bereit, hinzunehmen, dass Männer das Maß aller politischen, sozialen und ästhetischen Werte bestimmen und Frauen dem widerspruchslos folgen sollten. Selbstbestimmung von Frauen wurde so von ihr auch als eine praktische Folge des Zweiten Weltkriegs eingefordert. Ihr Wort und ihr Tun waren in ihrem Verständnis genau so viel wert wie das von Männern."

Was sicher stimmt, dennoch haben jene Männer den Einfluss gehabt, sie beruflich ins Abseits zu drängen und in Verzweiflung zu stürzen. Womit sich ein weiterer sehr einprägsamer und in seiner Erkenntnis schmerzhafter Satz Susanne Kerckhoffs bewahrheitete: *„Das Gute mit seinen guten Waffen ist schutzlos gegen den Kampf der Skrupellosen."*

Peter Graf